LE MENTOR

DES ASSUJETTIS

AUX

CONTRIBUTIONS INDIRECTES.

Par A. DELORS.

SOISSONS,

CHEZ L'AUTEUR, RUE DE LA CLEF, N° 45.

1842.

LE MENTOR

DES ASSUJETTIS

AUX CONTRIBUTIONS INDIRECTES.

SOISSONS. — IMPRIMERIE DE EM. FOSSÉ DARCOSSE,
IMPRIMEUR-LIBRAIRE, RUE DES RATS, 10.

LE MENTOR

DES ASSUJETTIS

AUX

CONTRIBUTIONS INDIRECTES.

Par A. DELORS.

SOISSONS,

CHEZ L'AUTEUR, RUE DE LA CLEF, N° 15.

MDCCCXLII.

INTRODUCTION.

—

Cet ouvrage est également utile à l'administration, aux entrepositaires, aux marchands en gros, qui ont besoin de connaître les quantités restantes dans les fûts couchés ou debout, pour établir, à chaque recensement, la situation de leurs magasins ; aux débitants exercés, pour préciser le droit de détail sur les marchandises vendues, droit que l'emploi des dixièmes n'a jamais donné que d'une manière erronée ; aux débitants abonnés soit individuellement, soit collectivement, pour supputer le bénéfice qu'ils pourraient avoir s'ils étaient soumis à l'exercice, mode incontestablement le plus vrai ; aux récoltants, aux maires et adjoints, aux buralistes, aux tonneliers qui peuvent être appelés, suivant leurs qualité ou profession, à se prononcer comme experts ou arbitres ; aux derniers surtout sous plus d'un rapport, car ils trouveront dans cet ouvrage les dimensions intérieures, suivant chaque contenance pour les nouveaux fûts, consignées dans les rapports arrêtés d'après l'instruction du 7 pluviôse an VII.

Ce livre est le fruit d'un long et consciencieux travail, auquel l'auteur, ancien teneur de livres chez un négociant en liquides en gros, a consacré ses veilles de deux ans, pour résoudre enfin le problème si long-

temps agité, de donner à chacun le moyen simple de
se rendre compte des opérations de la régie; de mar-
cher constamment d'accord avec elle; de rectifier,
contester ses prétentions, lorsqu'une erreur *involon-
taire* se glissera dans ses actes, enfin de conserver la
bonne intelligence entre le commerce et l'administration.

L'auteur a, dans son ouvrage, écarté tout ce qui est
étranger à la question des liquides : c'est dans des tableaux raisonnés et dont les chiffres font la base, qu'il
a groupé les enseignements propres à éclairer les débitants, et c'est après en avoir fait lui-même un usage
approfondi, qu'il s'est déterminé à les livrer au public,
persuadé d'avance que son ouvrage aura le mérite de
satisfaire à tous les intérêts.

Nous allons parcourir succinctement les chapitres qui
sont traités dans le *Mentor* des assujettis aux contributions indirectes.

Tableau métrologique de comptes faits indiquant,
par centimètre de plein ou de creux sous *bouge*, le liquide restant ou manquant dans un fût, depuis 3o li-
res, de dix en dix, jusqu'à 75o litres, et au moyen
luquel les dixièmes sont supprimés.

Tableau métrologique de comptes faits démontrant,
par centimètre de creux ou de plein, le liquide restant
ou manquant dans les fûts en bout, depuis 3o litres, de
dix en dix, jusqu'à 100, et de vingt-cinq en vingt-cinq
jusqu'à 65o litres.

Tableau de comptes faits à l'usage des débitants pré-
sentant, pour toutes les jauges en usage dans le com-

merce des liquides, le décompte des droits de détail à percevoir sur les vins, cidres, poirés et hydromels, depuis un litre jusqu'à un hectolitre ou 100 litres, calculés sur une vaste série de prix de vente.

Un tableau de comptes faits indiquant les sommes dues à la régie, sur les liqueurs et eaux-de-vie, suivant les degrés réels de ces dernières.

Un portatif abrégé, avec exemples appliqués, faisant ressortir le système à employer pour établir la situation des caves par entrée et sortie ; de préciser, sans calcul, le droit de détail sur toutes les boissons vendues ; de dresser le décompte de chaque trimestre, et la reprise en charge pour le trimestre à venir.

Les premiers principes à étudier pour saisir le facile usage des tableaux qui précèdent, de se pénétrer de leur rectitude et de les appliquer à leur courant d'affaires.

Un portatif en analogie avec celui des contributions indirectes, avec les documents, en texte, se rattachant aux formalités à remplir pour lui donner les formes légales dont il est susceptible, et le mode à suivre pour en remplir régulièrement les colonnes, afin de pouvoir, au besoin, se rendre un compte exact de sa situation.

Un tableau de correction à faire subir aux liquides spiritueux pour les ramener au degré réel, suivant la température indiquée par le thermomètre centigrade.

Une table de mouillage pour servir à la mixtion des eaux-de-vie.

Un traité sur les boissons gâtées ou perdues.

———— sur le droit de circulation des boissons en général ;

Un traité sur les entrée et octroi ;

——————— sur les opérations figurées servant à connaître l'acool pur contenu dans une certaine quantité de liquide spiritueux ;

——————— de calculs figurés et raisonnés devant entrer dans la tenue d'un registre portatif.

Enfin, pour compléter notre ouvrage, nous y avons
consigné les notions propres à éclairer les débitants, les
obligations que le législateur leur a imposées, et les
droits qu'il a consacrés en leur faveur.

En livrant à la publicité ce modeste ouvrage, fruit
de longues veilles et de recherches pénibles, nous ne pré-
tendons point travailler pour notre gloire : notre unique
ambition repose sur l'espoir d'être utile, en donnant à
une classe nombreuse et intéressante, aux assujettis à
l'exercice de la régie, et à la régie elle-même, le moyen
précieux de vivre ensemble en bonne intelligence et
d'apporter dans les relations qui les mettent en contact,
d'un côté exactitude et loyauté dans la perception de
la contribution indirecte, et de l'autre une facile justi-
fication du chiffre qui lui est demandé. L'Administration à laquelle nous recommandons notre travail, est,
nous en sommes persuadé, jalouse d'allier les intérêts
des contribuables et du trésor ; mais la première condition, pour atteindre ce résultat si désirable, c'est d'étayer
l'exercice sur des bases solides qui assurent, aux entrepositaires et aux débitants, une juste appréciation de
leurs ventes, et écartent les nombreuses erreurs dont
les tarifs et les vérifications, mis jusqu'à ce jour en
usage, les ont rendus victimes.

Mes fonctions, chez un négociant en liquides, m'ont permis d'assister, depuis des années, à un grand nombre de recensements auxquels son commerce l'astreint. Je ne saisis pas tout d'abord ce qu'avait d'incomplet le mode mis en vigueur par les employés; mais M. le Contrôleur ayant bien voulu me confier le tarif qui le guidait dans ses opérations, je fis passer les comptes faits du système ancien au système métrique, afin de procéder, avec ce dernier, aux épreuves que je voulais tenter, et bientôt la cause des erreurs qui m'avaient frappé devint saisissable à mes yeux, et je reproduis ici, pour preuve, quelques recensements qui ont été faits en ma présence, et dont l'un a donné sur les spiritueux un excédant de 228 litres d'alcool, un autre, un mois plus tard, un excédant de 162 litres, ce qui fait pour deux mois 390 litres d'excédant. Les manquants sont inévitablement dans les mêmes proportions, de sorte que la contenance des fûts, qu'elle penche vers l'un des deux extrêmes, est toujours préjudiciable aux entrepositaires ou débitants, puisqu'ils subissent la prise en charge pour l'excédant, et qu'ils acquittent les droits pour les manquants.

Aux vices que je viens de signaler, il fallait chercher un remède qui pût, sinon rendre l'exercice parfait, du moins le rapprocher autant que possible de la vérité, un remède qui mît fin aux dissentiments, trop souvent répétés, qui altèrent la bonne harmonie qui doit unir le pouvoir et le contribuable. Ce besoin dont je sentais vivement toute l'importance, excita mon émulation; je me mis à l'œuvre avec l'intention, d'abord, d'appliquer le fruit de mes efforts à l'établissement auquel *j'appartenais :* puis ensuite cédant à un sentiment de justice et de bon civisme, je me déterminai à y faire participer le commerce des liquides en général ; heureux, me suis-je dit, si je puis contribuer à jeter quelques rayons de lumière, sur un des points les plus délicats des charges publiques, et délivrer l'exercice d'une des causes d'antipathie dont il est frappé.

De là les comptes faits que renferme cet opuscule, au moyen desquels les entrepositaires et débitants pourront suivre et contrôler les opérations de la régie ; se pénétrer des droits qu'ils auront à payer pour leurs boissons vendues, suivant leurs quantité et qualité ; se rendre un compte exact de leurs débits ; balancer la situation de leurs caves, sans difficulté ni écritures.

Mon entreprise, poursuivie avec persévérance, ayant rempli mon espoir, je me suis appliqué à lui donner toute l'extension dont elle était susceptible ; c'est pourquoi j'ai consacré plusieurs chapitres à l'examen des causes qui rendent les débitants, du moins pour la plupart, peu aptes à comprendre l'exercice, à en rectifier les erreurs et à écarter les perturbations fréquentes qui naissent de cette fâcheuse ignorance.

Les limites d'une introduction ne permettent point de traiter ici les sujets que j'ai embrassés dans mon ouvrage, la suite fixera le mérite que le lecteur peut lui accorder ; je compte sur un suffrage flatteur, il sera la plus belle récompense de mes recherches.

MARCHE A EMPLOYER

Son usage repose sur deux points principaux. Le premier se rattache à la question de savoir si le fût, sur lequel on veut opérer, est bien construit dans la forme et les dimensions réglées ; le second, s'il en diffère, de quelle manière et dans quelles proportions cette différence se fait remarquer.

Pour parvenir à un résultat certain et reconnaître qu'une futaille est régulière, il faut opérer ainsi que nous allons le démontrer :

Admettons un fût d'une contenance de 400 litres ; nous y introduisons perpendiculairement un mètre par la bonde, afin de mesurer la hauteur sous bois qu'a le bouge ; nous appliquons ensuite le nombre de centimètres que renferme cette hauteur à la colonne du tableau métrologique où figure le chiffre 400, que nous prenons pour point de départ, en remontant horizontalement vers la gauche, jusqu'à la dernière colonne qui est celle des centimètres ; là nous devons trouver 78 centimètres, hauteur totale sous bois que doit avoir le diamètre du bouge d'un fût de 400 litres.

En supposant, dans les contenances diverses, une variation de un centimètre en plus ou en moins dans la hauteur, il ne faut point en induire une différence sensible, puisque les premier et dernier centimètres de chacune des extrémités d'un fût ne donnent point un litre dans leurs produits calculés.

Des Fûts réguliers.

Nous allons maintenant indiquer le moyen de trouver le liquide restant ou manquant dans les fûts réguliers, c'est-à-dire
dans ceux dont le diamètre du bouge correspond à celui indiqué par ce tableau, dans la colonne des centimètres, sur la ligne
horizontale, au bas de chaque contenance.

Ainsi, en supposant que le fût de 400 litres, dont nous venons de parler, ait subi un vide de 20 centimètres sous bois,
nous devons nous reporter au haut du tableau où nous trouvons en tête, de la colonne verticale, le chiffre 400, puis des-
cendant jusqu'à la ligne horizontale qui marque 20 centimètres, nous arriverons en face de 77 litres; cette première opération faite, nous établissons la partie restante ou manquante
de liquide par ce simple raisonnement : si le vide sous bois est
de 20 centimètres, le plein doit être nécessairement de 58
centimètres; partons de ce chiffre et nous trouverons en face,
dans la colonne des fûts de 400 litres, le nombre 323, lequel
ajouté à celui 77, dont nous venons de parler, donne un chiffre
égal à 400 litres, comme 20 et 58 égalent 78 centimètres,
diamètre du bouge que doit comporter un fût de 400 litres.

Cette règle est invariable pour tous les fûts réguliers.

Des Fûts irréguliers.

Les fûts irréguliers sont ceux dont la construction s'éloigne
des bases posées par la loi; ils diffèrent de ceux dont nous
avons parlé sous deux rapports ; ils comportent moins de
bouge et par cela plus de longueur intérieure, ou, par une
conformation contraire, plus de bouge et moins de longueur.

Nous plaçons ici la manière de les soumettre aux comptes
faits du tableau métrologique.

Prenons donc par exemple un fût de 230 litres auquel nous donnons un bouge de 68 centimètres, bien que régulièrement il ne dût être que de 64 centimètres ; dont nous voulons supputer le liquide manquant ou restant ; pour atteindre un résultat exact, nous devons opérer jusqu'au quart seulement de la hauteur intérieure du bouge, c'est-à-dire 17 centimètres, ainsi que cela se pratique pour les fûts réguliers ; arrivé à ce point, si l'on veut connaître ce qui manque pour 25 centimètres de vide sous bois, on prend le nombre 25 dans la colonne des centimètres, et sur la ligne correspondante, dans la colonne en tête de laquelle se trouve placé le chiffre 230, on trouvera le nombre 81, auquel il ne faudra point s'arrêter, puisque le fût sur lequel on opère a 4 centimètres de bouge en plus qu'il ne devrait avoir ; il faut alors recourir à un mode qui amène une solution précise, et pour cela il faut calculer le liquide restant avec le vide que nous avons observé plus haut. Le premier sera de 43 centimètres, le second étant de 25, ensemble 68, total du bouge donné ; alors on se reportera au nombre 43 dans la colonne des centimètres et sur la ligne en face de celle qui reçoit les fûts de 230 litres, on trouvera le nombre 167 qui ajouté aux 81, produit de 25 centimètres de vide, donnera 248 dont l'excédant, par rapport à 230, sera 18 ; on retirera de ce dernier chiffre le tiers ou 6, on fera subir à 81 la même réduction, il restera 75 qui sera le véritable résultat de 25 centimètres de vide dans le fût irrégulier de 230 litres : voilà pour le manquant.

Veut-on maintenant connaître le liquide restant dans le fût sur lequel nous venons d'agir? on prendra les deux tiers de l'excédant 18 qui seront 12; on les distraira de 167, nombre donné pour 43 centimètres de plein, restera 155 litres qui, ajoutés à 75 produit de 25 centimètres de vide, donneront bien le nombre 230 litres, comme 25 et 43 font 68 centimètres, chiffres égaux à l'exemple posé.

En opérant de cette sorte, on obtiendra constamment le vide et le plein dans tous les fûts irrégulièrement établis.

Nous recommandons d'observer, autant que possible, la véritable situation du vide et du plein lors de l'opération ; car il pourrait arriver qu'ils atteignissent le nombre 34, ou moitié pour chacun d'eux, alors il faudrait faire le raisonnement suivant :

34 centimètres dans un fût de 230 litres donnent 125 litres.

L'autre moitié :	125
Total de l'entier :	250
Otez de ce produit la quantité réelle	230
Excédant :	20
Dont la moitié est :	10

qu'il faut retirer de 125 litres, reste 115 litres pour la moitié de la contenance du fût.

Ici il faut prendre la moitié de l'excédant au lieu du tiers, attendu que 34 centimètres étant la moitié de 68, hauteur du bouge, il faut lui faire subir la même rectification pour que cet excédant soit en rapport avec la hauteur du creux ou du plein.

Des Fûts irréguliers

Dont le bouge est inférieur à ceux établis d'après le rapport.

Pour soumettre ces fûts à l'application des comptes faits du tableau métrologique, il faut les assujettir au système inverse du précédent, c'est-à-dire qu'il faut ajouter au lieu de réduire la différence qui résulte de la hauteur du vide ou du plein.

EXEMPLE :

Nous prenons un fût de 230 litres dont le diamètre du bouge devrait être 64 centimètres, mais qui n'a réellement que 60 centimètres ; nous voulons connaître le restant ou le manquant du liquide qu'il renferme, alors nous opérons comme suit :

Nous mesurons d'abord jusqu'au quart de la hauteur intérieure du bouge, toujours de même que pour les fûts réguliers ; mais arrivé à ce point, nous devons, pour nous assurer du manquant supposé de 25 centimètres de vide, sous bois, prendre ce dernier nombre dans la colonne des centimètres et on trouvera sur la ligne où il est placé, en face, dans la colonne qui reçoit en tête un fût de 230 litres, le nombre 81 ; mais comme dans l'exemple précédent, il ne faut pas s'arrêter tout d'abord à ce produit qui, ainsi qu'on va le voir, doit subir une altération assez considérable, car à 25 centimètres de creux, ce fût doit produire plus de 81 litres puisqu'il a 4 centimètres de bouge de moins que s'il était régulier ; il doit donc rester une partie pleine égale à 35 centimètres ; vous prenez ce chiffre 35 dans la colonne des centimètres et sur la même ligne dans la colonne qui reçoit 230, vous trouverez 130 que vous ajouterez à 81, produit total 211, au lieu de 230, manquant 19 litres. Contrairement, ainsi que nous l'avons dit, au mode suivi dans l'autre exemple, on devra ôter 7 pour le tiers qui est à 19 comme 25 est à 60 ; on les ajoutera à 81, ce qui donnera 88 litres de manquant, et comme nous avons trouvé que 35 centimètres de plein donnait 130 litres, en y ajoutant les deux tiers de 19 ou 12, nous aurons en définitive 142 litres qui, avec les 88 litres de manquant ci-dessus, produisent bien 230 litres comme aussi 25 et 35 centimètres donnent la hauteur du bouge donné.

PREUVE :

Creux 25 centimètres.	81 litres.
Plein 35 id.	130 id.
	211 litres,

contenance partielle pour la contenance réelle de 230 litres.

Pour combler cette lacune de 19 litres, nous opérons comme suit :

Notre excédant est de :	19 litres.
Dont nous ôtons le tiers	7 id.
Reste :	12

que nous ajoutons à 81 et 7, 88, produit de 25 c.
Nous ajoutons également à 130 12, 142, id. de 35

Quantité du fût et du bouge	230 litres.	60 c.

N. B. Nous croyons devoir faire observer que, comme dans les opérations précédentes, la différence en plus ou en moins doit être établie avec le plus grand soin, afin que le plein et le vide soient toujours en rapport.

Pour compléter ce chapitre, nous supposerons un fût, de même contenance que le précédent, qui se trouverait arrivé à la moitié de sa consommation.

30 centimètres de plein donnent au tableau métrologique :	105 litres.
30 centimètres de creux	105
Total.	210
au lieu de 230, différence :	20
dont la moitié est de :	10
Maintenant, reprenez pour vos 30 cent.	105
Total.	115
Même produit pour la contre-partie :	115
Quantité égale à l'exemple donné :	230 litres.

TABLEAU METROLOGIQUE

Indiquant les liquides restant et manquant dans les fûts couchés des contenances ci-dessous.

Cent. de creux ou de plein	CONTENANCE DES FUTS. De 640 à 750 litres.											
	750	740	730	720	710	700	690	680	670	660	650	640
	lit.	lit.	lit.	lit.	lit.	lit.	lit.	lit.	lit.	lit.	lit.	lit
1	0	0	0	0	0	0	0	0	0	0	0	0
2	1	1	1	1	1	1	1	1	1	1	1	1
3	2	2	2	2	2	2	2	2	2	2	2	2
4	4	4	4	4	4	4	4	4	4	4	4	4
5	7	7	7	7	7	7	7	7	7	7	7	7
6	11	11	11	11	11	11	11	11	11	11	11	10
7	16	16	16	16	16	16	16	16	16	16	16	15
8	21	21	21	21	21	21	21	21	21	21	21	20
9	27	27	27	27	27	27	27	27	26	26	26	25
10	33	33	33	33	33	32	32	32	32	32	32	31
11	39	39	39	39	39	38	38	38	38	38	38	37
12	45	45	45	45	45	45	45	44	44	44	44	43
13	52	52	52	52	52	51	51	50	50	50	50	49
14	59	59	59	59	59	58	58	57	57	57	56	55
15	66	66	66	66	66	65	65	64	63	63	63	62
16	73	73	73	73	73	72	71	71	70	70	69	68
17	81	81	81	81	80	80	79	78	77	77	76	75
18	89	89	89	89	88	87	86	85	85	85	84	83
19	97	97	97	97	96	95	94	93	92	92	91	90
20	105	105	105	105	104	103	102	101	100	100	99	98
21	113	113	113	113	112	111	110	109	108	107	106	105
22	122	122	122	122	120	119	118	117	116	116	115	114
23	130	130	130	130	129	127	126	125	125	124	123	122
24	139	139	139	139	137	135	134	133	133	132	131	130
25	148	148	148	148	146	144	143	142	142	140	139	138
26	157	157	157	157	155	152	151	150	150	148	147	146
27	166	166	166	166	164	161	160	158	158	157	156	155
28	176	176	175	175	173	170	169	167	167	166	165	164
29	185	185	184	184	182	179	178	176	176	175	174	173
30	195	195	193	193	191	188	187	185	185	184	183	182
31	204	204	203	203	201	197	196	194	194	193	192	191
32	214	214	212	212	210	206	205	203	203	202	201	200

Cent. de creux ou de plein	CONTENANCE DES FUTS. De 640 à 750 litres.											
	750	740	730	720	710	700	690	680	670	660	650	640
	lit.	lit.	lit.	lit.	lit.	lit.	lit.	lit.	lit	lit.	lit	lit
33	224	224	222	222	219	216	215	212	212	211	210	209
34	233	233	231	231	228	225	224	221	221	220	219	218
35	243	243	241	241	237	234	233	230	230	229	228	227
36	253	253	251	251	247	244	243	240	240	239	238	237
37	263	263	261	261	257	253	252	249	249	248	247	246
38	273	273	271	271	266	263	262	259	259	258	256	255
39	283	283	281	281	276	272	271	268	268	267	265	264
40	294	294	290	290	286	282	281	278	278	277	275	274
41	304	304	300	300	296	292	291	287	287	286	284	283
42	314	314	310	310	305	301	301	297	297	296	293	293
43	324	324	320	320	315	311	311	306	306	306	302	302
44	334	334	330	330	325	321	321	316	316	315	311	311
45	345	545	340	340	335	330	330	325	325	325	320	320
46	355	355	350	350	345	340	340	335	335	335	330	329
47	365	365	360	360	355	350	350	345	345	345	339	338
48	375	375	370	370	365	360	360	355	354	354	348	347
49	385	385	380	380	375	370	369	364	364	364	357	357
50	395	395	390	390	385	379	379	374	373	374	366	566
51	405	406	400	400	395	389	389	383	383	383	375	376
52	416	416	410	410	405	399	399	393	392	393	385	385
53	426	426	420	420	414	408	409	402	402	402	394	394
54	436	436	430	430	424	418	419	412	411	412	403	403
55	446	446	440	439	434	428	428	421	421	421	412	413
56	456	457	449	449	444	437	438	431	430	431	422	422
57	467	467	459	459	453	447	447	440	440	440	431	431
58	477	477	469	469	463	456	457	450	449	449	440	440
59	487	487	479	479	473	466	466	459	458	458	449	449
60	497	497	489	489	482	475	475	468	467	467	458	458
61	507	507	499	498	491	484	485	477	476	476	467	467
62	517	516	508	508	500	494	494	486	485	485	476	476
63	526	526	518	517	509	503	503	495	494	494	485	485
64	536	536	527	527	719	512	512	504	503	503	494	494
65	546	545	537	536	528	521	521	513	512	512	503	502
66	555	555	546	545	537	530	530	522	520	520	511	510
67	565	564	555	554	546	539	539	530	528	528	519	518
68	574	574	564	563	555	548	547	538	538	536	527	526
69	584	583	573	572	564	556	556	547	545	544	535	535
70	593	592	582	581	573	565	564	555	554	553	544	542
71	602	601	591	590	581	573	572	563	562	560	551	550
72	611	610	600	598	590	581	580	571	570	568	559	557
73	620	618	608	607	598	589	588	579	578	575	566	565

CONTENANCE DES FUTS.
De 640 à 750 litres.

Cent. de creux ou de plein	750	740	730	720	710	700	690	680	670	660	650	640
	lit.	lit.	lit.	lit.	lit.	lit.	lit.	lit.	lit.	lit.	lit.	lit.
74	628	627	617	615	606	597	596	587	585	583	574	572
75	637	635	625	623	614	605	604	595	593	590	581	578
76	645	643	633	631	622	613	611	603	600	597	587	585
77	453	651	641	639	630	620	619	610	607	603	594	591
78	661	659	649	647	637	628	625	617	613	610	600	597
79	669	667	657	654	644	635	632	623	620	616	606	603
80	677	674	664	661	651	642	639	630	626	622	612	609
81	684	681	671	668	658	649	645	636	632	628	618	615
82	691	688	678	675	665	655	652	642	638	634	624	620
83	698	695	685	681	671	662	658	648	644	639	629	625
82	705	701	691	687	677	668	663	653	649	644	634	630
85	711	707	697	693	683	673	669	659	654	649	639	633
86	717	713	703	699	689	679	674	664	659	653	643	636
87	723	719	709	704	694	684	679	669	663	656	646	638
88	729	724	714	709	699	689	683	673	666	658	648	639
89	734	729	719	713	703	693	686	676	668	659	649	640
90	739	733	723	716	706	696	688	678	669	660	650	640
91	743	736	726	718	708	698	689	679	670	660	650	
92	746	738	728	719	709	699	690	680	670			
93	748	739	729	720	710	700	690	680				
94	749	740	730	720	710	700						
95	750	740	730									
96	750											

CONTENANCE DES FUTS.
De 520 à 630 litres.

Cent. de creux ou de plein	630	620	610	600	590	580	570	560	550	540	530	520
	lit.	lit.	lit.	lit.	lit.	lit.	lit.	lit.	lit.	lit.	lit.	lit.
1	0	0	0	0	0	0	0	0	0	0	0	0
2	1	1	1	1	1	1	1	1	1	1	1	1
3	2	2	2	2	2	1	1	1	1	1	1	1
4	4	4	4	4	3	3	3	3	3	3	3	3
5	7	7	7	7	7	6	6	6	6	5	5	5
6	10	10	10	10	10	9	9	9	9	9	9	9
7	14	14	14	14	14	13	13	13	13	13	13	13
8	19	19	19	19	19	18	18	18	18	17	17	17
9	24	24	24	24	24	23	23	23	23	23	23	22
10	29	29	29	29	29	28	28	28	28	28	28	27

Cent. de creux ou de plein	CONTENANCE DES FUTS. De 520 à 630 litres.										
	630	620	610	600	590	580	570	560	550	540	530	520
	lit.	lit.	lit.	lit.	lit.	lit.	lit.	lit.	lit.	lit.	lit.	lit.
11	35	35	35	35	34	33	33	33	33	33	33	32
12	41	41	41	40	39	39	39	39	38	38	38	38
13	47	47	47	46	46	45	45	45	45	44	44	44
14	53	53	53	53	53	52	52	52	51	51	51	50
15	60	60	60	59	58	58	58	58	58	57	57	56
16	67	67	67	66	66	65	65	65	64	63	63	63
17	74	74	74	72	72	71	71	71	71	70	70	69
18	81	81	81	79	79	79	79	79	78	77	77	75
19	88	88	88	87	87	86	86	86	85	84	83	82
20	96	96	96	94	94	93	93	93	92	91	90	89
21	103	103	103	101	101	101	101	101	99	98	97	96
22	111	111	110	109	109	108	108	108	106	105	105	103
23	119	119	118	116	116	116	116	116	113	113	112	110
24	127	127	126	125	125	123	123	123	121	121	120	118
25	135	135	134	133	133	131	131	131	128	128	127	125
26	144	143	142	141	141	139	139	139	136	136	135	133
27	152	151	150	149	149	147	147	147	144	144	143	140
28	161	159	158	157	157	155	155	155	152	152	151	148
29	169	168	167	166	166	163	163	163	160	160	159	156
30	178	177	176	174	174	172	171	171	168	168	167	164
31	187	185	184	182	182	180	179	179	176	176	175	172
32	196	194	193	191	191	188	187	187	184	184	183	180
33	205	203	202	199	199	197	196	196	192	192	191	188
34	214	211	210	208	208	205	204	204	200	200	199	196
35	223	220	219	216	216	214	213	213	208	208	207	204
36	232	229	228	225	225	222	221	221	217	216	215	212
37	241	238	237	234	234	230	229	229	225	224	223	220
38	250	247	246	242	242	239	238	238	233	233	232	228
39	259	256	255	251	251	247	246	246	241	241	240	236
40	269	265	264	260	260	256	255	254	250	249	248	244
41	278	274	273	269	269	264	263	263	258	257	256	252
42	287	283	282	277	277	273	272	271	266	266	265	260
43	296	292	291	286	286	282	281	280	275	274	274	268
44	306	301	300	295	295	290	289	289	284	283	282	276
45	315	310	310	305	304	298	298	297	292	291	290	284
46	324	319	319	314	313	307	307	306	300	299	298	292
47	334	328	328	323	321	316	315	314	309	307	307	300
48	343	337	337	331	330	324	324	322	317	316	315	308
49	352	346	346	340	339	333	332	331	325	324	323	316
50	361	355	355	349	348	341	341	339	333	332	331	324
51	371	364	364	358	356	350	349	347	342	340	339	332

CONTENANCE DES FUTS.
De 520 à 630 litres.

Cent. de creux ou de plein	630	620	610	600	590	580	570	560	550	540	530	520
	lit.	lit.	lit.	lit.	lit.	lit.	lit.	lit.	lit.	lit.	lit.	lit.
52	380	373	373	366	365	358	357	356	350	348	347	340
53	389	382	382	375	374	366	366	364	558	356	355	348
54	398	391	391	384	382	375	374	373	366	364	363	356
55	407	400	400	392	391	383	383	381	374	372	371	364
56	416	409	408	401	399	392	391	389	382	380	379	372
57	425	417	417	409	408	400	399	397	390	388	387	380
58	434	426	426	418	416	408	407	405	398	396	395	387
59	443	435	434	426	424	417	415	413	406	404	403	395
60	452	443	443	434	433	425	423	421	414	412	410	402
61	461	452	452	443	441	433	431	429	422	419	418	410
62	469	461	460	451	449	441	439	437	429	427	425	417
63	478	469	468	459	457	449	447	444	437	435	433	424
64	486	477	476	467	465	457	454	452	444	442	440	431
65	495	485	484	475	474	464	462	659	451	449	447	438
66	503	493	492	484	481	472	469	467	458	456	453	445
67	511	501	500	491	489	479	477	474	465	463	460	451
68	519	509	507	499	496	487	484	481	472	470	467	457
69	527	517	514	506	503	494	491	489	479	477	473	464
70	534	524	522	513	511	501	499	495	486	483	479	470
71	542	532	529	521	518	509	505	502	492	489	486	476
72	549	539	536	528	524	515	512	508	499	496	492	482
73	556	546	543	534	532	522	518	515	505	502	497	488
74	563	553	550	541	537	528	525	521	512	507	502	493
75	570	560	557	547	544	535	531	527	517	512	507	498
76	577	567	563	554	551	541	537	532	522	517	513	503
77	583	573	569	560	556	547	542	537	527	523	517	507
78	589	579	575	565	561	552	547	542	532	527	521	511
79	595	585	581	571	566	657	552	547	537	531	525	515
80	601	591	586	576	571	562	557	551	541	535	527	517
81	606	595	591	581	576	567	561	554	544	537	529	519
82	611	601	596	586	580	571	564	457	547	539	629	419
83	616	606	600	590	583	574	567	559	549	539	530	520
84	620	610	603	593	587	577	569	559	549	540	530	520
85	623	613	606	596	588	579	569	560	550	540		
86	626	616	608	598	589	579	570	560	550			
87	628	618	609	599	590	580	570					
88	629	619	610	600	590	580						
89	630	620	610	600								
90	630	620										

Cent. de creux ou de plein	510	500	490	480	470	460	450	440	430	420	410	400
	lit.	lit.	lit.	lit.	lit.	lit.	lit.	lit.	lit.	lit.	lit.	lit.
1	0	0	0	0	0	0	0	0	0	0	0	0
2	1	1	1	1	1	1	1	1	1	1	1	1
3	1	1	1	1	1	1	1	1	1	1	1	1
4	3	3	2	2	2	2	2	2	2	2	2	2
5	5	5	5	5	5	5	5	5	5	5	5	5
6	9	9	8	8	8	8	8	8	8	8	8	8
7	13	13	12	12	12	12	12	11	11	11	11	11
8	17	17	16	16	16	16	16	16	15	15	15	15
9	22	22	21	21	21	21	21	20	20	20	20	19
10	27	27	26	26	26	26	26	25	24	24	24	24
11	32	32	31	31	31	31	30	30	29	29	29	29
12	38	38	37	37	37	37	36	35	34	34	33	33
13	43	43	42	42	42	42	41	40	39	39	38	38
14	49	49	48	48	48	48	47	46	44	44	44	43
15	55	55	54	54	54	54	53	51	50	50	49	49
16	62	61	60	60	60	60	59	57	55	55	55	54
17	68	67	66	66	66	66	65	63	61	61	60	60
18	74	74	73	73	73	73	72	69	67	67	66	65
19	81	80	79	79	79	79	79	75	73	73	72	71
20	88	87	86	86	86	86	85	82	80	79	78	77
21	95	94	93	93	93	93	91	89	86	86	84	83
22	102	101	100	100	99	99	98	95	93	92	90	89
23	109	108	107	107	106	106	104	102	99	99	97	95
24	117	115	114	114	113	113	111	109	106	105	103	101
25	124	122	121	121	120	120	118	116	113	112	109	108
26	132	130	128	128	127	127	125	123	119	119	116	114
27	139	137	135	135	134	134	132	130	126	126	122	120
28	147	145	142	142	141	141	139	137	133	132	129	126
29	155	152	150	150	149	148	146	144	140	139	135	132
30	163	160	157	157	156	155	153	151	147	146	142	139
31	172	168	164	164	163	162	160	158	154	153	149	146
32	179	175	172	171	171	170	167	166	162	160	156	152
33	187	183	180	179	178	177	174	173	169	167	163	159
34	195	191	187	186	185	184	181	181	176	175	170	166
35	203	199	195	194	193	192	189	187	183	182	177	172
36	211	207	203	202	201	200	196	195	190	189	184	179
37	219	215	211	210	209	208	203	202	197	196	191	186
38	227	223	219	218	216	215	210	209	204	203	198	193
39	235	231	226	225	224	223	218	216	211	210	205	200
40	243	238	233	232	231	230	225	224	219	217	212	207
41	251	246	241	240	239	237	232	231	226	224	219	214

CONTENANCE DES FUTS.
De 400 à 510 litres.

CONTENANCE DES FUTS.
De 400 à 510 litres.

Cent. de creux ou de plein	510	500	490	480	470	460	450	440	430	420	410	400
	lit.	lit.	lit.	lit.	lit.	lit.	lit.	lit.	lit.	lit.	lit.	lit.
42	259	254	249	248	246	245	240	238	233	231	226	221
43	267	262	257	255	254	252	247	245	240	238	233	228
44	275	269	264	262	261	260	454	253	247	245	240	234
45	283	277	271	270	269	268	261	260	254	253	247	241
46	291	285	279	278	277	276	269	267	261	260	254	248
47	299	293	287	286	285	283	276	274	268	267	261	254
48	307	301	295	294	292	290	283	282	276	274	268	261
49	315	309	303	301	299	298	290	289	283	281	275	268
50	323	317	310	309	307	305	297	296	290	288	281	274
51	331	325	318	316	314	312	304	303	297	294	288	280
52	338	332	326	323	321	319	311	310	304	301	294	286
53	347	340	333	330	329	326	318	317	311	308	301	292
54	355	348	340	338	336	333	325	324	317	315	307	299
55	363	355	348	345	343	340	332	331	324	321	313	305
56	371	363	355	352	350	347	339	338	331	328	320	311
57	378	370	362	359	357	354	346	345	337	334	326	317
58	386	378	369	366	364	361	352	351	344	341	332	323
59	393	385	376	373	371	367	359	358	350	347	338	329
60	401	392	383	380	377	374	365	365	357	353	344	335
61	408	399	390	387	384	381	371	371	363	359	350	340
62	415	406	397	394	391	387	378	377	369	365	355	346
63	422	413	404	401	397	394	385	383	375	370	361	351
64	429	420	411	407	404	400	391	389	380	376	366	357
65	436	426	417	414	410	406	397	394	386	381	372	362
66	442	433	424	420	416	412	403	400	391	386	377	367
67	448	439	430	426	422	418	409	405	396	391	381	371
68	455	445	436	432	428	423	414	410	401	396	386	376
69	461	451	442	438	433	429	420	415	406	400	390	380
70	467	457	448	443	439	434	424	420	410	405	395	385
71	472	462	453	449	444	439	429	424	415	409	399	389
72	478	468	459	454	449	444	434	429	419	412	402	392
73	483	473	464	459	454	448	438	432	422	415	405	395
74	488	478	469	464	458	452	442	435	425	418	408	398
75	493	483	474	468	462	455	445	438	428	419	409	399
76	497	487	478	472	465	458	448	439	429	419	409	399
77	501	491	482	475	468	459	449	439	429	420	410	400
78	505	495	485	478	469	459	449	440	430	420	410	400
79	507	497	488	479	469	460	450	440	430			
80	509	499	489	479	470	460	450					
81	509	499	489	480	470							
82	510	500	490	480								
83	510	500	490									

CONTENANCE DES FUTS.
De 280 à 390 litres.

Cent. de creux ou de plein	390	380	370	360	350	340	330	320	310	300	290	280
	lit.	lit.	lit.	lit.	lit.	lit.	lit.	lit.	lit.	lit.	lit.	lit.
1	0	0	0	0	0	0	0	0	0	0	0	0
2	0	0	0	0	0	0	0	0	0	0	0	0
3	1	1	1	1	1	1	1	1	1	1	1	1
4	2	2	2	2	2	2	2	2	2	2	2	2
5	5	5	5	5	5	5	5	5	5	5	5	5
6	8	8	8	8	8	8	8	8	8	8	8	7
7	11	11	11	11	11	11	11	11	11	11	11	10
8	15	15	15	15	15	14	14	14	14	14	14	13
9	19	19	19	19	19	18	18	18	18	18	17	16
10	23	23	23	23	23	22	22	22	22	22	21	20
11	28	27	27	27	27	27	26	26	26	26	25	24
12	32	31	31	31	31	31	31	31	31	30	29	28
13	37	36	36	36	36	36	35	35	35	34	33	32
14	42	41	41	41	41	40	40	40	40	39	38	36
15	47	46	46	46	46	45	44	44	44	43	42	41
16	52	51	51	51	51	50	49	49	49	48	47	45
17	58	57	57	57	57	55	54	54	54	53	51	50
18	63	62	62	62	62	61	60	60	60	58	56	55
19	69	68	68	68	67	66	65	65	65	63	61	60
20	75	74	74	74	73	72	70	70	70	68	66	65
21	81	80	80	80	78	77	76	76	75	73	71	70
22	87	86	86	86	84	83	82	81	81	78	76	75
23	93	92	92	92	90	89	87	87	86	83	81	80
24	100	98	98	98	95	95	93	93	92	89	86	86
25	106	105	104	104	101	100	99	98	97	94	92	91
26	112	111	110	110	107	106	105	104	103	99	97	96
27	118	117	117	117	113	112	110	110	109	105	102	102
28	125	123	123	123	119	118	116	116	114	110	108	107
29	132	131	129	129	125	124	122	122	121	116	113	112
30	139	137	136	135	131	130	128	127	126	122	119	118
31	145	144	142	142	137	136	134	133	132	128	125	123
32	152	150	149	148	144	142	140	139	138	134	131	129
33	158	157	155	155	150	148	146	145	143	139	136	134
34	165	163	162	161	156	154	152	151	149	145	142	140
35	172	170	168	167	162	160	158	157	155	150	148	146
36	178	176	175	174	168	167	165	163	161	155	154	151
37	185	183	182	180	175	173	172	169	167	161	159	157
38	192	190	188	186	182	180	178	175	172	166	165	162
39	198	197	195	193	188	186	184	181	178	172	171	168
40	205	204	202	199	194	192	190	187	184	178	177	173
41	212	210	208	205	200	198	196	193	190	184	182	178

CONTENANCE DES FUTS.
De 280 à 390 litres.

Cent. de creux ou de plein	390	380	370	360	350	340	330	320	310	300	290	280
	lit.	lit	lit.	lit.	lit.	lit.	lit.	lit.	lit.	lit.	lit.	lit.
42	218	215	215	212	206	204	202	199	196	190	188	184
43	225	223	221	218	213	210	208	204	201	195	193	189
44	232	230	228	225	219	216	214	210	207	201	198	194
45	238	236	234	231	225	222	220	216	213	206	204	200
46	245	243	241	237	231	228	225	222	218	211	209	205
47	251	249	247	243	237	234	231	227	224	217	214	210
48	258	257	253	250	243	240	237	233	229	222	219	215
49	265	263	260	256	249	245	243	239	235	227	224	220
50	272	269	266	262	255	251	248	244	240	232	229	225
51	278	275	272	268	260	257	254	250	245	237	234	230
52	284	282	278	274	266	263	260	255	250	242	239	235
53	290	288	284	280	272	268	265	260	256	247	243	239
54	297	294	290	286	277	274	270	266	261	252	248	244
55	303	300	296	292	283	279	276	271	266	257	252	248
56	309	306	302	298	288	285	281	276	270	261	257	252
57	315	312	308	303	293	290	286	280	275	266	261	256
58	321	318	313	309	299	295	290	285	279	270	265	260
59	327	323	319	314	304	300	295	289	284	274	269	264
60	332	329	324	319	309	304	299	294	288	278	273	267
61	338	334	329	324	314	309	304	298	292	282	276	270
62	343	339	334	329	319	313	308	302	296	286	279	273
63	348	344	339	333	323	318	312	306	299	289	282	275
64	353	349	343	337	327	322	316	309	302	292	285	278
65	358	353	347	341	331	326	319	312	305	295	288	279
66	362	357	351	345	335	329	322	315	308	298	289	279
67	367	361	355	349	339	332	325	318	309	299	289	280
68	371	365	359	352	342	335	328	319	309	299	290	280
69	375	369	362	355	345	338	329	319	310	300	290	
70	379	372	365	358	348	339	329	320	310	300		
71	382	375	368	359	349	339	330	320				
72	385	378	369	359	349	340	330					
73	388	379	369	360	350	340						
74	389	379	370	360	350							
75	389	380	370									
76	390	380										
77	390											

Cent. de creux ou de plein	CONTENANCE DES FUTS. De 160 à 270 litres.											
	270	260	250	240	230	220	210	200	190	180	170	160
	lit.	lit.	lit	lit.	lit.	lit.	lit.	lit.	lit.	lit.	lit.	lit.
1	0	0	0	0	0	0	0	0	0	0	0	.0
2	0	0	0	0	0	0	0	0	0	0	0	.0
3	1	1	1	1	1	.1	1	1	1	1	.1	1.
4	2	2	2	2	2	2	2	2	2	2	2	.2
5	5	5	5	4	4	4	4	4	4	4	4	.4
6	7	7	7	6	6	6	6	6	6	6	6	6
7	10	10	10	9	9	9	9	9	9	9	9	9
8	13	13	13	12	12	12	12	12	11	11	11	11
9	16	16	16	15	15	15	15	15	14	14	14	14
10	20	20	19	18	18	18	18	18	16	16	16	16
11	24	24	23	22	22	22	22	21	19	19	19	19
12	28	28	27	25	25	25	25	24	23	22	22	22
13	32	32	30	29	29	29	29	27	26	25	25	25
14	36	36	34	33	33	33	33	31	29	29	28	28
15	40	40	38	37	37	37	36	35	33	32	31	31
16	45	44	43	41	41	41	40	38	36	36	35	34
17	49	49	47	46	45	45	44	42	40	39	38	38
18	54	54	51	50	49	49	48	46	44	43	42	41
19	59	58	56	54	54	53	52	50	48	47	46	45
20	64	63	61	59	58	57	57	54	52	51	50	48
21	69	68	65	64	63	62	61	58	57	55	53	52
22	74	73	70	68	67	66	65	62	61	59	57	56
23	79	78	75	73	72	71	70	66	65	63	61	59
24	84	83	80	78	76	75	74	70	69	67	65	63
25	89	88	85	83	81	80	78	75	74	71	69	67
26	95	93	90	87	85	84	83	79	78	75	73	70
27	100	99	95	92	90	89	87	83	82	80	77	74
28	105	104	100	97	95	93	92	87	87	84	81	78
29	111	109	105	102	100	98	96	92	91	88	85	82
30	116	114	110	107	105	103	101	96	95	92	89	86
31	122	119	115	112	110	108	105	100	99	96	93	90
32	127	125	120	117	115	112	109	104	103	100	97	93
33	132	130	125	123	120	117	114	108	108	105	101	97
34	138	135	130	128	125	122	118	113	112	109	105	101
35	143	141	135	133	130	127	123	117	116	113	109	104
36	148	146	140	138	135	131	127	121	121	117	113	108
37	154	151	145	143	140	136	132	125	125	121	117	112
38	159	156	150	148	145	140	136	130	129	125	120	115
39	165	161	155	153	149	145	140	134	133	129	124	119
40	170	167	160	157	154	149	145	138	138	133	128	122
41	175	172	165	162	158	154	149	142	142	137	132	126

CONTENANCE DES FUTS.
De 160 à 270 litres.

Cent. de creux ou de plein	270	260	250	240	230	220	210	200	190	180	170	160
	lit.	lit.	lit.	lit.	lit.	lit.	lit.	lit.	lit.	lit.	lit.	lit.
42	181	177	170	167	163	158	153	146	146	141	135	129
43	186	182	175	172	167	163	158	150	150	144	139	132
44	191	187	180	176	172	167	162	154	154	148	142	135
45	196	192	185	181	176	171	166	158	157	151	145	138
46	201	197	189	186	181	175	170	162	161	155	148	141
47	206	202	194	190	185	179	174	165	164	158	151	144
48	211	206	199	194	189	183	177	169	167	161	154	146
49	216	211	203	199	193	187	181	173	171	164	156	149
50	221	216	207	203	197	191	185	176	174	166	159	151
51	225	220	212	207	201	195	188	179	176	169	161	154
52	230	224	216	211	205	198	192	182	179	171	164	156
53	234	228	220	215	208	202	195	185	181	174	166	158
54	238	232	223	218	212	205	198	188	184	176	168	159
55	242	236	227	222	215	208	201	191	186	178	169	159
56	246	240	231	225	218	211	204	194	188	179	169	160
57	250	244	234	228	221	214	206	196	189	179	170	160
58	254	247	237	231	224	216	208	198	189	180	170	
59	257	250	240	234	226	218	209	199	190	180		
60	260	253	243	236	228	219	209	199	190			
61	263	255	245	238	229	219	210	200				
62	265	258	248	239	229	220	210	200				
63	268	259	249	239	230	220						
64	269	259	249	240	230							
65	269	260	250	240								
66	270	260	250									
67	270											

CONTENANCE DES FUTS.
De 30 à 150 litres.

Cent. de creux ou de plein	150	140	130	120	110	100	90	80	70	60	50	40	30
	lit.	lit.	lit.	lit.	lit.	lit.	lit.	lit.	lit.	lit.	lit.	lit.	lit.
1	0	0	0	0	0	0	0	0	0	0	0	0	0
2	0	0	0	0	0	0	0	0	0	0	0	0	0
3	1	1	1	1	1	1	1	1	1	1	1	1	1
4	2	2	2	2	2	2	2	2	2	2	2	1	1
5	4	4	4	4	4	4	3	3	3	3	3	2	2
6	6	6	6	6	6	6	4	4	4	4	4	3	3
7	9	8	8	8	8	8	7	6	6	5	5	4	4

CONTENANCE DES FUTS.
De 30 à 150 litres.

Cent de creux ou de plein	150	140	130	120	110	100	90	80	70	60	50	40	30
	lit.	lit.	lit.	lit.	lit.	lit.	lit.	lit.	lit.	lit.	lit.	lit.	lit.
8	11	11	10	10	10	9	8	8	7	7	6	5	5
9	14	13	12	12	12	11	10	9	8	8	8	7	6
10	16	15	15	15	14	13	12	11	10	10	9	8	7
11	19	18	17	17	16	16	14	13	12	11	11	9	8
12	22	21	20	20	19	18	17	15	14	13	12	10	9
13	25	24	23	22	21	20	19	17	16	15	14	12	11
14	28	27	26	25	24	23	22	20	18	16	15	13	12
15	31	30	29	27	26	25	24	22	20	18	17	15	13
16	34	33	31	30	29	28	26	24	22	20	19	16	14
17	37	36	34	33	32	30	28	26	24	22	20	17	15
18	41	39	37	36	34	32	30	28	26	24	22	19	16
19	44	43	40	39	37	35	32	30	28	26	24	21	17
20	47	46	43	42	40	38	35	32	30	28	26	23	18
21	51	49	46	45	43	40	37	35	32	30	28	24	19
22	54	52	49	48	46	43	40	37	35	32	30	25	21
23	58	56	52	51	49	46	43	40	38	34	31	27	22
24	61	59	55	54	52	49	47	43	40	36	33	28	23
25	65	63	59	57	55	51	50	45	42	38	35	30	24
26	68	66	63	60	58	54	53	48	44	40	36	31	25
27	72	70	67	63	61	57	55	50	46	42	38	32	26
28	75	74	71	66	64	60	58	52	48	44	39	33	27
29	78	77	75	69	67	62	60	54	50	45	41	35	28
30	82	81	78	72	70	65	62	56	52	47	42	36	29
31	85	84	81	75	73	68	64	58	54	49	44	37	29
32	89	88	84	78	76	70	66	60	56	50	45	38	29
33	92	91	87	81	78	72	68	63	58	52	46	39	30
34	96	94	90	84	81	75	71	65	60	53	47	39	30
35	99	97	93	87	84	77	73	67	62	55	48	39	
36	103	101	96	90	86	80	76	69	63	56	49	40	
37	106	104	99	93	89	82	78	71	65	57	49	40	
38	109	107	101	95	91	84	80	72	66	58	50		
39	113	110	104	98	94	87	82	74	67	59	50		
40	116	113	107	100	96	89	84	76	68	59			
41	119	116	110	103	98	91	86	77	69	60			
42	122	119	113	105	100	93	87	78	69	60			
43	125	122	115	108	102	94	88	79	70				
44	128	125	118	110	104	96	89	79	70				
45	131	127	120	112	106	98	89	80					
46	134	129	122	114	108	99	90	80					
47	136	132	124	116	109	99	90						
48	139	134	126	118	109	100							

Cent. de crem. ou de plein	CONTENANCE DES FUTS. De 100 à 150 litres.											
	150	140	130	120	110	100						
	lit.	lit.	lit	lit.	lit.	lit.						
49	141	136	128	119	110	100						
50	144	138	129	119	110							
51	146	139	129	120								
52	148	139	130	120								
53	149	140	130									
54	149	140										
55	150											
56	150											

FUTS EN BOUT.

—

TABLEAU DE COMPTES FAITS

Pour servir à connaître, suivant le nombre de centimètres de vide ou de plein sous bois, le liquide restant ou manquant dans les fûts en bout, établis dans le rapport voulu par l'instruction du 7 pluviôse an 7, depuis 30 litres jusqu'à 650 litres.

—

Sɪ nous voulons chercher le manquant du liquide existant dans un tonneau en bout d'une contenance de 400 litres, en lui supposant un vide de 38 centimètres sous bois, nous prenons d'abord, dans la colonne des centimètres, ledit nombre 38 qui est le premier vers la gauche, et en nous reportant sur la ligne correspondante et horizontale, à la tête de laquelle se trouve placé le chiffre 400, nous rencontrons 161 litres. Si nous opérons sur un sujet de 92 centimètres de hauteur, il devra nous rester 54 centimètres de plein, dont nous trouverons le produit en agissant de la même manière que pour trouver le vide. Ainsi dans la colonne des centimètres nous prenons le nombre 54, nous le faisons passer à la ligne correspondante et horizontale qui porte à son extrémité supérieure 400, et nous trouvons 219 litres que nous joignons, pour preuve de la régularité de notre opération. aux 161 litres obtenus pour les 38 centimètres de vide. Ces quantités réunies nous donnent 400, nombre égal à celui que nous a donné le travail exécuté par l'intermédiaire de la bonde. Ce moyen est infaillible et doit servir de base à toutes les opérations de ce genre, quelque contenances que l'on veuille d'ailleurs reconnaître.

TABLEAU METROLOGIQUE

DE COMPTES FAITS

Indiquant, suivant le nombre de centimètres de plein ou de creux sous bois, le liquide restant ou manquant dans les fûts en bout ci-dessous.

Cent. de creux ou de plein	CONTENANCE DES FUTS. De 375 à 650 litres.											
	650	625	600	575	550	525	500	475	450	425	400	375
	lit.	lit.	lit.	lit	lit.	lit.	lit.	lit.	lit.	lit.	lit.	lit.
1	5	5	5	5	4	4	4	4	4	4	3	3
2	10	10	10	10	9	9	9	8	8	8	7	7
3	16	15	15	15	14	14	13	13	12	12	11	11
4	21	21	20	20	19	18	18	17	16	16	15	14
5	27	26	25	25	24	23	22	22	21	20	19	18
6	32	31	30	30	29	28	27	26	25	24	23	22
7	38	37	35	35	34	33	32	31	29	28	27	26
8	43	42	40	40	39	38	36	35	34	32	31	29
9	49	48	46	45	44	43	41	40	38	36	35	33
10	54	53	51	50	49	47	46	45	42	40	39	37
11	60	59	56	56	54	52	51	49	47	45	43	41
12	66	65	61	61	59	57	56	54	51	49	47	45
13	71	70	67	66	64	62	60	59	56	53	51	49
14	77	75	72	71	69	67	65	63	60	57	55	53
15	83	81	78	77	74	72	70	68	65	62	59	57
16	88	86	83	82	79	77	75	73	69	66	63	61
17	94	92	88	87	85	82	80	78	74	71	68	65
18	100	98	94	93	90	87	85	83	78	76	72	69
19	106	103	100	98	95	92	91	87	83	80	76	73
20	112	109	105	104	100	98	96	92	88	84	80	77
21	118	115	111	109	105	103	101	97	92	89	85	81
22	123	121	116	115	111	108	106	102	97	93	89	85
23	129	126	122	120	116	113	111	107	102	98	93	89
24	135	132	128	126	121	118	116	112	106	102	98	93
25	141	138	133	131	127	124	121	117	111	107	102	98
26	147	144	139	137	132	129	126	122	117	111	106	102
27	153	150	145	142	137	134	131	127	122	116	111	106
28	159	156	151	148	143	139	136	132	126	121	115	110
29	166	162	157	154	148	145	142	137	131	126	120	115
30	172	168	162	159	154	150	147	142	136	131	124	119
31	178	174	168	165	159	156	152	147	141	135	129	123
32	184	180	174	171	165	161	157	152	146	140	133	128

Cent. de creux ou de plein	CONTENANCE DES FUTS. De 375 à 650 litres.											
	650	625	600	575	550	525	500	475	450	425	400	375
	lit.	lit.	lit.	lit.	lit.	lit.	lit.	lit.	lit.	lit.	lit.	lit.
33	190	186	180	177	170	166	163	158	151	145	138	132
34	196	192	186	182	176	172	168	163	156	149	142	136
35	203	198	192	188	182	177	173	168	161	154	147	141
36	209	204	198	194	187	183	179	173	166	159	152	145
37	215	210	204	200	193	188	184	178	171	164	156	150
38	222	216	211	206	199	194	189	184	176	168	161	154
39	228	223	217	212	204	200	195	189	181	173	166	159
40	235	229	223	218	210	205	200	194	186	178	171	163
41	241	235	229	224	216	211	206	200	191	183	175	168
42	248	241	235	230	222	216	211	205	196	188	180	173
43	254	248	242	236	227	222	217	210	202	193	185	177
44	261	254	248	242	233	228	222	216	207	198	190	182
45	267	260	254	248	239	234	228	221	212	204	195	187
46	274	267	260	254	245	239	234	227	217	210	200	193
47	280	273	267	260	251	245	239	232	222	215	205	198
48	287	280	273	266	257	251	245	238	228	221	210	202
49	293	286	280	272	263	257	250	243	233	227	215	207
50	300	292	286	279	269	263	255	248	238	232	220	212
51	307	299	293	285	275	268	261	254	243	237	225	216
52	314	306	300	291	281	274	266	259	248	242	229	221
53	322	312	307	296	287	280	272	265	254	247	234	225
54	328	319	314	303	293	286	278	270	259	252	239	230
55	336	326	320	309	299	291	283	275	264	257	244	234
56	343	333	327	315	305	297	289	281	269	261	248	239
57	350	339	333	321	311	303	294	286	274	266	253	243
58	357	345	340	327	317	309	300	291	279	271	258	247
59	363	352	346	333	323	314	305	297	284	276	262	252
60	370	358	352	339	328	320	311	302	289	280	267	256
61	376	365	358	345	334	325	316	307	294	285	271	260
62	383	371	365	351	340	331	321	312	299	290	276	265
63	389	377	371	357	346	337	327	317	304	294	280	269
64	396	384	377	363	351	342	332	323	309	299	285	273
65	402	390	383	369	357	348	337	328	314	304	289	277
66	409	396	389	375	363	353	343	333	319	309	294	282
67	415	402	396	381	368	359	348	338	324	314	298	286
68	422	409	402	387	374	364	353	343	328	318	302	290
69	428	415	408	393	380	369	358	348	333	323	307	294
70	435	421	414	398	385	375	364	353	339	327	311	298
71	441	427	420	404	391	380	369	358	344	332	315	302
72	447	433	426	410	396	386	374	363	348	336	320	306
73	454	439	432	416	402	391	379	368	353	341	324	310

CONTENANCE DES FUTS.
De 375 à 650 litres.

t ent. de creux ou de plein	650	625	600	575	550	525	500	475	450	425	400	375
	lit.	lit.	lit.	lit.	lit.	lit.	lit.	lit.	lit.	lit.	lit.	lit.
74	460	445	438	421	407	396	384	373	358	345	328	314
75	466	451	443	427	413	401	389	378	362	349	332	318
76	472	457	449	433	418	407	394	383	367	354	337	322
77	478	463	455	438	423	412	399	388	372	359	341	326
78	484	469	461	444	429	417	404	392	376	363	345	330
79	491	475	467	449	434	422	409	397	381	368	349	334
80	497	481	472	455	439	427	415	402	385	372	353	338
81	503	487	478	460	445	433	420	407	390	376	357	342
82	509	493	484	466	450	438	425	412	394	380	361	346
83	515	499	489	471	455	443	430	416	399	385	365	349
84	521	504	495	477	460	448	435	421	403	389	369	353
85	527	510	500	482	465	453	440	426	408	393	373	357
86	532	516	506	488	471	458	444	430	412	397	377	361
87	538	522	512	493	476	463	449	435	416	401	381	364
88	544	527	517	498	481	468	454	440	421	405	385	368
89	550	533	522	504	486	473	459	444	425	409	389	372
90	556	539	528	509	491	478	464	449	429	413	393	375
91	562	544	533	514	496	482	468	453	434	417	397	
92	567	550	539	519	501	487	473	458	438	421	400	
93	573	555	544	525	506	492	478	462	442	425		
94	579	560	549	530	511	497	482	467	446			
95	584	566	554	535	516	502	487	471	450			
96	590	572	560	540	521	507	491	475				
97	596	577	565	545	526	511	495					
98	601	583	570	550	531	516	500					
99	607	588	575	555	536	521						
100	612	594	580	560	541	525						
101	618	599	585	565	546							
102	623	604	590	570	550							
103	629	609	595	575								
104	634	615	600									
105	640	620										
106	645	625										
107	650											

CONTENANCE DES FUTS.
De 90 à 350 litres.

Cent. de creux ou de plein	350	325	300	275	250	225	200	175	150	125	100	90
	lit.	lit.	lit.	lit.	lit.	lit.	lit.	lit.	lit.	lit.	lit.	lit.
1	3	3	3	3	2	2	2	2	1	1	1	1
2	6	6	6	6	5	5	4	4	3	3	3	2
3	10	10	9	9	8	7	7	6	5	5	4	4
4	13	13	12	12	11	10	9	8	7	6	6	5
5	17	16	15	15	14	13	12	11	10	8	7	7
6	21	20	18	18	17	15	14	13	12	10	9	8
7	24	23	21	21	19	18	17	15	14	12	10	10
8	28	27	24	24	22	21	19	17	16	14	12	11
9	32	30	28	27	25	23	22	20	18	16	14	13
10	35	34	31	30	28	26	24	22	21	18	15	14
11	39	37	34	34	31	29	27	25	23	20	17	16
12	43	41	38	37	34	32	30	27	25	21	19	18
13	46	44	41	40	37	35	32	29	28	23	20	19
14	50	48	44	43	40	37	35	32	30	25	22	21
15	54	52	48	47	44	40	38	34	32	27	24	23
16	58	55	51	50	47	43	40	37	34	29	25	24
17	62	59	55	53	50	46	43	39	37	31	27	26
18	66	63	58	57	53	49	46	42	39	33	29	27
19	69	66	62	60	56	52	49	44	41	35	31	29
20	73	70	65	64	59	55	51	47	44	38	33	30
21	77	74	69	67	63	58	54	49	46	40	34	32
22	81	78	73	70	66	61	57	52	48	42	36	34
23	85	81	76	74	69	64	60	55	51	44	38	36
24	89	85	80	77	72	67	63	57	53	46	40	38
25	93	89	84	81	76	70	66	60	55	48	42	39
26	97	93	87	84	79	73	69	63	58	50	44	41
27	102	97	91	88	82	76	72	65	60	53	46	43
28	106	101	95	92	86	79	75	68	63	55	48	45
29	110	105	99	95	89	83	78	71	65	57	50	47
30	114	109	103	99	92	86	81	73	68	60	52	49
31	118	113	107	102	96	89	84	76	70	63	54	51
32	122	117	110	106	99	92	87	79	73	65	56	52
33	127	121	114	110	103	95	90	82	75	68	58	54
34	131	125	118	114	106	99	93	85	77	70	60	56
35	135	129	122	117	110	102	97	88	80	72	62	58
36	139	133	127	121	113	106	100	90	82	75	64	60
37	144	137	131	125	117	109	103	93	85	77	66	61
38	148	141	135	129	120	113	107	96	87	79	67	63
39	152	145	139	133	125	116	110	99	90	81	69	64
40	157	150	143	137	130	119	113	102	92	83	71	66
41	161	154	148	142	133	123	116	104	95	85	73	67

CONTENANCE DES FUTS.
De 90 à 350 litres.

Cent. de creux ou de plein	350	325	300	275	250	225	200	175	150	125	100	90
	lit.	lit.	lit.	lit.	lit.	lit.	it.	lit.	lit.	lit.	lit.	lit.
42	166	158	152	146	137	126	119	107	97	87	75	69
43	170	163	157	150	140	130	122	110	99	90	76	71
44	175	167	161	154	144	133	125	112	102	92	78	72
45	180	171	165	158	147	136	128	115	104	94	80	74
46	184	175	169	161	151	139	131	118	106	96	83	76
47	189	180	173	165	154	142	134	120	109	98	85	77
48	193	184	178	169	158	146	137	123	111	100	86	79
49	198	188	182	173	161	149	140	126	113	102	88	80
50	202	192	186	176	164	152	143	128	116	104	90	82
51	206	196	190	180	168	155	146	131	118	105	91	83
52	211	200	193	183	171	158	149	133	120	107	93	85
53	215	204	197	187	174	161	151	136	122	109	94	86
54	219	208	201	191	178	164	154	138	125	111	96	88
55	223	212	205	194	181	167	157	141	127	113	98	90
56	228	216	209	198	184	170	160	143	129	115	100	
57	232	220	213	201	187	173	162	146	132	117		
58	236	224	216	205	191	176	165	148	134	118		
59	240	228	220	208	194	179	168	150	136	120		
60	244	232	224	211	197	182	170	153	138	122		
61	248	236	227	215	200	185	173	155	140	125		
62	253	240	231	218	203	188	176	158	143			
63	257	244	235	222	206	190	178	160	145			
64	261	247	238	225	210	193	181	162	148			
65	265	251	242	228	213	196	183	164	149			
66	269	255	245	232	216	199	186	167	150			
67	273	259	249	235	219	202	188	169				
68	277	262	252	238	222	204	191	171				
69	281	266	256	241	225	207	193	175				
70	284	270	259	245	228	210	196					
71	288	273	262	248	231	212	198					
72	292	277	266	251	233	215	200					
73	296	281	269	254	236	218						
74	300	284	272	257	239	220						
75	304	288	276	260	242	223						
76	307	291	279	263	245	225						
77	311	295	282	266	248							
78	315	298	285	269	250							
79	318	302	288	272								
80	322	305	291	275								
81	326	309	294									
82	329	312	297									

Cent, de creux ou de plein	CONTENANCE DES FUTS. De 300 à 350 litres.		
	350	325	300
	lit.	lit.	lit.
83	333	315	300
84	337	319	300
85	340	322	
86	344	325	
87	347		
88	350		

Cent, de creux ou de plein	CONTENANCE DES FUTS. De 30 à 80 litres.					
	80	70	60	50	40	30
	lit.	lit.	lit.	lit.	lit.	lit.
1	1	1	1	0	0	0
2	2	2	2	1	1	1
3	3	3	3	2	2	2
4	5	4	4	3	3	2
5	6	6	5	4	4	3
6	7	7	6	5	5	3
7	9	8	8	6	5	4
8	10	9	9	7	6	4
9	12	11	10	8	7	5
10	13	12	11	10	8	6
11	15	13	12	11	9	7
12	16	15	14	12	10	7
13	18	16	15	13	11	8
14	19	17	16	14	12	9
15	21	19	18	15	13	10
16	22	20	19	16	14	11
17	24	22	20	17	15	11
18	26	23	21	18	16	12
19	27	24	23	20	17	13
20	29	26	24	21	18	14
21	31	27	25	22	19	15
22	32	29	27	23	20	16
23	34	30	28	25	21	17
24	36	32	29	27	22	17
25	37	33	31	28	23	18
26	39	35	32	29	24	19
27	41	37	33	30	25	20

CONTENANCE DES FUTS.
De 30 à 80 litres.

Cent. de creux ou de plein	80	70	60	50	40	30
	lit.	lit,	lit.	lit,	lit	li
28	43	38	35	32	26	21
29	44	40	36	33	27	21
30	46	41	37	34	28	22
31	48	43	39	35	29	23
32	49	44	40	36	30	24
33	51	46	41	37	31	24
34	53	47	42	38	32	25
35	54	48	44	39	33	26
36	56	50	45	40	34	27
37	58	51	46	42	35	27
38	59	53	47	43	36	28
39	61	54	49	44	37	29
40	62	55	50	45	38	30
41	64	57	51	46	38	
42	65	58	52	47	39	
43	67	59	53	48	40	
44	68	61	55	49		
45	70	62	56	49		
46	71	63	57	50		
47	73	64	58			
48	74	66	59			
49	75	67	60			
50	77	68				
51	78	70				
52	79					
53	80					

TABLEAU DE COMPTES FAITS

Démontrant les sommes à payer à la Régie, par les débitants de boissons, sur le prix déclaré, des ventes à intervenir, par litre de vin, cidre, poiré et hydromel, calculé sur 10 pour cent de la vente en détail, après déduction faite de 3 pour cent de remise accordée par la loi, sur le produit des droits et augmentés du décime à franc sur le droit net.

Ce tableau étant composé des subdivisions d'un hectolitre pour les quantités vendues, ce depuis 5 centimes, de 5 en 5, jusqu'à un franc pour le prix déclaré des mises en vente, on peut facilement combiner ces subdivisions et former le chiffre exact auquel doivent atteindre les quantités et prix tels variés qu'ils soient. Un seul exemple suffira pour guider le débitant dans l'emploi qu'il doit faire de ce tableau.

Supposons donc une quantité et un prix qui n'y figurent point, par exemple : 75 litres ou bouteilles de vin vendus à 1 fr. 30 c l'un; voici la marche que l'on devra suivre (1) :

Prendre 1° pour 50 bouteilles à	1 fr.	»	c. produit	5	34
pour 50	id.	à »	30	id.	1	61
2° pour 20	id.	à 1	»	id.	2	13
pour 20	id.	à »	30	id.	»	64
3° pour 5	id.	à 1	»	id.	»	53
pour 5	id.	à »	30	id.	»	16

Tot. du droit pour 75 id. à 1 30 id. 10 41

Cet exemple étant un des plus compliqués, il sera facile de rompre les difficultés pour tous les prix ou quantités qui pourraient se présenter, en se pénétrant des moyens employés pour arriver au résultat ci-dessus :

---

(1) Voyez les tableaux, pages 39 et 40.

TABLEAU

Indiquant les sommes dues à la Régie par les débitants, sur les vins, cidres, poirés et hydromels, déclarés mis en vente, en détail et par litre.

A

Nombre de lit. détaillés	05 c. f. c. m.	10 c. f. c. m.	15 c. f. c. m.	20 c. f. c. m.	25 c. f. c. m.	30 c. f. v. m.	35 c. f. c. m.	40 c. f. c. m.	45 c. f. c. m.	50 c. f. c. m.
1	54	1.07	1.61	2.14	2.68	3.21	3.74	4.27	4.81	5.34
2	1.08	2.14	3.22	4.28	5.36	6.42	7.48	8.54	9.62	10.68
3	1.62	3.25	4.83	6.42	8.04	9.63	11.22	12.81	14.43	16.02
4	2.16	4.28	6.44	8.56	10.72	12.84	14.96	17.08	19.24	21.36
5	2.70	5.35	8.05	10.70	13.40	16.95	18.70	21.35	24.05	26.70
6	3.24	6.42	9.66	12.84	16.08	19.26	22.44	25.62	28.86	32.04
7	3.78	7.49	11.27	14.98	18.76	22.47	26.18	29.89	33.67	37.38
8	4.32	8.56	12.88	17.12	21.44	25.68	29.92	34.16	38.48	42.72
9	4.86	9.63	14.49	19.26	24.12	28.89	33.66	38.43	43.29	48.06
10	5.35	10.70	16.10	21.40	26.80	32.10	37.40	42.70	48.10	53.40
20	10.70	21.40	32.20	42.80	53.60	64.20	74.80	85.40	96.20	1.06.80
30	16.05	32.10	48.30	64.20	80.40	96.30	1.12.20	1.28.10	1.44.30	1.60.20
40	21.40	42.80	64.40	85.60	1.07.20	1.28.40	1.49.60	1.70.80	1.92.40	2.13.60
50	26.75	53.50	80.50	1.07.	1.34.	1.60.50	1.87.	2.13.50	2.40.50	2.67.
100	53.50	1.07.	1.61.	2.14.	2.68.	3.21.	3.74.	4.27.	4.81.	5.34.

Pour éviter les millièmes, on les négligera au-dessous de 50, et à 50 on forcera le chiffre d'un centime.

TABLEAU

Indiquant les sommes dues à la Régie par les débitants, sur les vins, cidres, poirés et hydromels, déclarés mis en vente, en détail et par litre.

Nombre de lit. détaillés	55 c. f. c. m.	60 c. f. c. m.	65 c. f. c. m.	70 c. f. c. m.	75 c. f. c. m.	80 c. f. c. m.	85 c. f. c. m.	90 c. f. c. m.	95 c. f. c. m.	1 F. f. c. m.
1	5.88	6.41	6.95	7.47	8.01	8.54	9.08	9.61	10.15	10.67
2	11.76	12.82	13.90	14.94	16.02	17.08	18.16	19.22	20.30	21.34
3	17.64	19.23	20.85	22.41	24.03	25.62	27.24	28.83	30.45	32.01
4	23.52	25.64	27.80	29.88	32.04	34.16	36.32	38.44	40.60	42.68
5	29.40	32.05	34.75	37.35	40.05	42.70	45.40	48.05	50.75	53.35
6	35.28	38.46	41.70	44.82	48.06	51.24	54.48	57.66	60.90	64.02
7	41.16	44.87	48.65	52.29	56.07	59.78	63.56	67.27	71.05	74.69
8	47.04	51.28	55.60	59.76	64.08	68.32	72.64	78.88	81.20	85.36
9	52.92	57.69	62.55	67.23	72.09	76.86	81.72	86.49	91.35	96.03
10	58.80	64.10	69.50	74.70	80.10	85.40	90.80	96.10	1.01.50	1.06.70
20	1.17.60	1.28.20	1.39.	1.49.40	1.60.20	1.70.80	1.81.60	1.92.20	2.03.	2.13.40
30	1.76.40	1.92.30	2.08.50	2.24.10	2.40.30	2.56.20	2.72.40	2.88.30	3.04.50	3.20.10
40	2.35.20	2.56.40	2.78.	2.98.80	3.20.40	3.41.60	3.63.20	3.84.40	4.06.	4.26.80
50	2.94.	3.20.50	3.47.50	3.73.50	4. 50	4.27.	4.54.	4.80.50	5.07.50	5.33.50
100	5.88.	6.41.	6.95.	7.47.	8.01.	8.54.	9.08.	9.61.	10.15.	10.67.

Pour éviter les millièmes, on les négligera au-dessous de 50, et à 50 on forcera le chiffre d'un centime.

TABLEAU INDICATIF

**Des sommes que doivent payer les débitants de bois-
sons, pour droit de détail, sur un ou plusieurs litres
d'eau-de-vie, suivant ses degrés centésimaux réels,
ou sur les liqueurs, quelque soient d'ailleurs leurs
degrés apparents ou réels, la loi leur appliquant
toujours 100 degrés centésimaux, et prélevant sur
un litre le même droit que sur même quantité d'alcool pur (1).**

——

En établissant ce tableau, j'ai eu en vue de rompre la com-
plication des calculs employés jusqu'aujourd'hui pour tirer les
droits sur les eaux-de-vie et liqueurs, dont la perception diffère essentiellement de celle usitée pour les autres liquides,
celle-ci se faisant par le prélèvement de 10 p. 0/0 sur le prix
des ventes, l'autre au contraire n'ayant rien d'arrêté, et s'o-
pérant sur les degrés d'alcool que renferme l'eau-de-vie.
Cette expression d'alcool pur a quelque chose qui embarrasse
tout d'abord un grand nombre de débitants, et l'espèce d'équi-
voque qui s'y rattache, a conduit à la rédimation, mode de
perception onéreux, en cela qu'il détruit, pour le commerce,
le bénéfice des 3 p. 0/0 accordés sur les ventes en détail et lui
interdit le droit de recours vis-à-vis de l'administration, pour
les marchandises qui pourraient se perdre en magasin, dont
les employés ne pourraient refuser de lui donner décharge.
J'aurais cru laisser une lacune importante dans mon ouvrage,
si je ne m'étais arrêté sur le point le plus délicat, en même
temps qu'il est le plus obscur de l'exercice; car je suppose,
en écrivant ici, que les débitants rédimés reviendront à ce mode
de perception. Je me suis donc attaché à leur enseigner le

———

(1) Voyez les tableaux, pages 44 et 45.

4*

moyen de suivre, de contrôler, de rectifier les opérations de
la régie, et ce, sans avoir à s'appesantir sur des calculs ab-
straits, et qui, faits avec précipitation, amènent souvent des
résultats erronnés. Le débitant comprendra assurément combien un ouvrage, où ses intérêts sont pris à partie, qui
brise les obstacles qui ont jusqu'alors nui à la juste appréci-
tion de sa position, lui est indispensable désormais. Les difficultés ne seront plus qu'un vain mot, et par une simple et
prompte recherche il pourra appliquer à l'alcool pur, suivant
le degré renfermé dans l'eau-de-vie qu'il sera susceptible de
livrer à la consommation, le droit de détail qu'il devra équitablement subir.

Ainsi, voudra-t-il connaître ce que 40 litres d'eau-de-vie,
à 19 degrés de Cartier, ou 49 degrés centésimaux devront
payer à la régie? Il trouvera sur le tableau qui se rattache à
la question que je traite, en face du chiffre 40, dans la colonne
qui porte en tête 49 (1), la somme de 7 fr. 12 cent. Pour établir
le même compte, les employés de l'administration recherchent
la quantité d'alcool pur contenue dans 40 litres, à 49 degrés
centésimaux, pour la multiplier par le droit fixe. Les débitants n'ont point à s'occuper de ce genre d'opération; ils doivent ou devront pour 40 litres, 7 fr. 12 cent., et quelque voie
que l'on suive, on doit arriver à ce produit, sous peine d'erreur. Je ne crains pas de le dire, dans son propre intérêt,
l'administration voudra accueillir mon livre, qui abrégera con-
sidérablement ses travaux.

Manière de se servir de ce Tableau.

Elle est la même que pour celui des vins, cidres, poirés et
hydromels, et l'on devra suivre les instructions que j'ai don-
nées pour le tableau précédent, quand on aura à réduire des
quantités ou des prix qui ne figurent pas dans la série sur laquelle j'ai argumenté.

_____

(1) Page 44,

EXEMPLE.

Nous voulons tirer le droit de consommation sur 75 litres d'eau-de-vie à 19 degrés Cartier ou 49 degrés centésimaux.

Nous prenons d'abord pour 50 litres et

nous avons   8 fr. 90 c.

Ensuite pour 20   id.   3   56

Enfin   pour 5   id.   »   89

Ainsi le détail de   75 id. d'eau-

de-vie, est de :   13 fr. 35 c.

Comme on le voit, le droit de détail ne s'établit pas sur le prix de vente, mais bien par un droit fixe, basé sur la quantité d'alcool pur contenu dans un litre d'eau-de-vie ; ainsi ce droit de détail, si facile à apprécier, qui a été de tout temps la pierre d'achoppement des débitants, le voilà désormais soumis à des proportions aussi saisissables que celles qui règlent les autres boissons ; s'il s'agissait de tirer le droit de détail sur un degré non figuré, soit 86, par exemple, on prendrait deux fois pour 43, pour 90 deux fois pour 45 ; etc.

Les employés qui seraient appelés à donner le quantum du droit à percevoir sur les 75 litres que nous avons pris pour exemple, trouveraient 13-43 au lieu de 13-35. Cette différence au préjudice de l'assujetti, vient de ce qu'ils négligent les fractions qui lui sont favorables, et forcent celles qui sont profitables au trésor. Ainsi, s'ils ont à prélever le droit sur 100 litres à 49 degrés centésimaux, ils s'appuyeront sur 25 litres d'alcool pur au lieu de 24 lit. 50 centil., en doublant, le débitant paiera 50 litres d'alcool, au lieu de 49 litres réellement existants.

TABLEAU

Indiquant les sommes dues à la Régie, par les débitants, sur les ventes en détail, et par litre de liqueurs et d'eaux-de-vie, aux degrés suivants.

Quantité de lit. détaillée	16 deg. Cart. 37 deg. cent.	16 1/2 / 39	17 / 41	17 1/2 / 43	18 / 45	18 1/2 / 47	19 / 49	19 1/2 / 51
	f. c. m.	f. c. m.	f. c. m.	f. c m.	f. c. m.	f. c. m.	f. c. m.	f. c. m.
1	13.43	14.15	14.89	15.61	16.34	17.07	17.79	18.51
2	26.86	28.30	29.78	31.22	32.68	34.14	35.58	37.02
3	40.29	42.45	44.67	46.83	49.02	51.21	53.37	55.53
4	53.72	56.60	59.56	62.44	65.36	68.28	71.16	74.04
5	67.15	70.75	74.45	78.05	81.70	85.35	88.95	92.55
6	80.58	84.90	89.34	93.66	98.64	1.02.42	1.06.74	1.11.06
7	94.01	99.05	1.04.23	1.09.27	1.14.38	1.19.49	1.24.53	1.29.57
8	1.07.44	1.13.20	1.19.12	1.24.88	1.30.72	1.36.56	1.42.32	1.48.08
9	1.20.87	1.27.35	1.34.01	1.40.49	1.47.06	1.53.63	1.60.11	1.66.59
10	1.34.30	1.41.50	1.48.90	1.56.10	1.63.40	1.70.70	1.77.90	1.85.10
20	2.68.60	2.83.	2.97.80	3.12.20	3.26.80	3.41.40	3.55.80	3.70.20
30	4.02.90	4.24.50	4.46.70	4.68.30	4.90.20	5.12.10	5.33.70	5.55.30
40	5.37.20	5.66.	5.95.60	6.24.40	6.53.60	6.82.80	7.11.60	7.40.40
50	6.71.50	7.07.50	7.44.50	7.80.50	8.17.	8.53.50	8.89.50	9.25.50
100	13.43.	14.15.	14.89.	15.61.	16.34.	17.07.	17.79.	18.51.

Pour éviter les millièmes, on les négligera au-dessous de 50, et à 50 on forcera le chiffre d'un centime.

TABLEAU

Indiquant les sommes dues à la Régie par les débitants, sur les ventes en détail, et par litre de liqueurs et eaux-de-vie, aux degrés suivants.

Quantité de lit. détaillée	20 deg. Cart. 52 deg. cent.	20 1/2 54	21 55	21 3/4 58	22 59	23 61	33 85	100 Alcool pur, ou liqueurs.
	f. c. m.	f. c. m.	f. c. m.	f. c. m.	f. c. m.	f. c. m.	f. c. m.	f. c. m.
1	18.86	19.60	19.95	21.05	21.41	22.23	30.85	36.28
2	37.72	39.20	39.90	42.10	42.82	44.46	61.70	72.56
3	56.58	58.80	59.85	63.15	64.23	66.69	92.55	1.08.84
4	75.44	78.40	79.80	84.20	85.64	88.92	1.23.40	1.45.12
5	94.30	98.	99.75	1.05.25	1.07.05	1.11.15	1.54.25	1.81.40
6	1.13.16	1.17.60	1.19.70	1.26.30	1.28.46	1.33.38	1.85.10	2.17.68
7	1.32.02	1.37.20	1.39.65	1.47.35	1.49.87	1.55.61	2.15.95	2.53.96
8	1.50.88	1.56.80	1.59.60	1.68.40	1.71.28	1.77.84	2.46.80	2.90.24
9	1.67.74	1.76.40	1.79.55	1.89.45	1.92.69	2.00.07	2.79.65	3.26.52
10	1.88.60	1.96.	1.99.50	2.10.50	2.14.10	2.22.30	3.08.50	3.62.80
20	3.77.20	3.92.	3.99.	4.21.	4.28.20	4.44.60	6.17.	7.25.60
30	5.65.80	5.88.	5.98.50	6.31.50	6.42.30	6.66.90	9.25.50	10.88.40
40	7.54.40	7.84.	7.98.	8.42.	8.56.40	8.89.20	12.34.	14.51.20
50	9.43.	9.80.	9.97.50	10.52.50	10.70.50	11.11.50	15.42.50	18.14.
100	18.86.	19.60.	19.95.	21.05.	21.41.	22.23.	30.85.	36.28.

Pour éviter les millièmes, on les négligera au-dessous de 50, et à 50 on forcera le chiffre d'un centime.

DES REGISTRES PORTATIFS.

—

Les registres portatifs de l'administration des contributions indirectes sont, il est juste de le reconnaître, parvenus
à un degré de clarté et de précision fort avancé ; mais si pour
les employés qui en font usage, les obstacles ont disparu ,
si, sans effort ils parviennent à régulariser leurs exercices,
cela s'explique par les études spéciales qu'ils ont faites ; il n'en
est point ainsi pour une partie des commerçants à qui cet ouvrage est destiné , qui, appelés à des occupations diverses et
incessantes, ne peuvent donner que quelques courts instants
aux calculs sérieux qui se rattachent aux nombreuses opérations de la régie.

On n'aperçoit pas tout d'abord les difficultés à résoudre
pour le débitant qui veut suivre la filière que traverse un fût
de liquide , de sa prise en charge à son entier déclin ; et l'on
est tout étonné quand on arrête un instant sa pensée sur les
détails auxquels il doit se livrer pour se rendre compte de la
situation de sa cave.

Pour amener un résultat exempt de doute , il doit d'abord
s'arrêter à la contenance du fût qu'il reçoit ; donner à chaque
dixième l'importance qui lui appartient ; établir les droits dont
chaque tonneau en vente est passible, suivant les dimensions
qu'il comporte ; s'attribuer dans une juste proportion la remise
de 3 p. o[o du montant des droits ; ajouter le décime à franc,
au droit principal calculé sur le taux de 10 p. o[o du prix des
ventes, pour les vins , cidres , poirés et hydromels.

Viennent ensuite les eaux-de-vie et liqueurs dont la perception se fait différemment et dont on ne peut établir les droits ,

la remise, le dixième et le décompte qu'en supputant l'alcool pur contenu dans ces divers liquides.

Ainsi que nous l'avons dit , nous rendons hommage à la tenue des registres portatifs de la régie; nous avons suivi, pour rédiger le portatif modifié que nous offrons à la suite de ces réflexions, les errements de cette administration ; nous ferons plus , nous donnerons à la fin de cet ouvrage, un exposé complet de sa méthode, dont nous ne nous sommes écarté que pour rendre, plus promptes et plus faciles , les écritures qu'exigent une bonne comptabilité, chez les débitants; quand nous aborderons ce modèle de portatif (de la régie), nous expliquerons la destination attribuable à chacune des colonnes par des opérations figurées, soit pour ceux qui voudraient en faire usage eux-mêmes , soit pour ceux qui voudraient recourir aux employés pour consigner les résultats de leurs exercices.

Nous ne pouvons trop inviter les débitants à sacrifier quelques-uns de leurs loisirs à la tenue d'un portatif, ils y trouveront un immense et double profit : celui de se rendre compte à volonté de leur situation, et d'établir leur opinion sur une des principales causes d'inquiétude qui peuvent s'introduire dans leur commerce.

Pour revenir au portatif que nous joignons ci-après et qui ne diffère de celui des contributions indirectes que par sa simplification , en atteignant toutefois la même justesse , avec plus de promptitude, nous l'avons résumé en 10 colonnes, au lieu de 24 , et deux cadres pour le décompte. Il nous a fallu, pour justifier cette suppression, faire usage du tableau métrologique , eu les dixièmes ne figurent plus , du tableau de comptes faits sur une certaine série de prix de vente de vins, cidres, poirés et hydromels, enfin d'un troisième tableau de comptes faits, calculés sur le droit que doit payer un litre d'eau-de-vie, suivant l'alcool pur qu'il renferme jusqu'à cent degrés centé-

simaux qui peuvent étre appliqués aux liqueurs qui sont toujours considérées comme alcool pur ou cent degrés.

Explication des colonnes du Portatif abrégé.

La colonne n° 1 , recevra indistinctement les numéros des
fûts , ou les lettres indicatives des cases des vins en bouteilles ;

Le n° 2, les contenances des fûts et les quantités de bouteilles ;

Id. 3 , l'espèce de boisson et le degré des eaux-de-vie ;

Id. 4 , le numéro de l'expédition ;

Id. 5 , le prix de vente déclaré par litre.

Pour les eaux-de-vie et liqueurs , il est bon de remarquer ,
pour les premières, que le degré étant variable , il faudra , pour
en faire utilement l'emploi, consulter le tableau indiquant
le droit à acquitter pour un litre d'eau-de-vie à degré égal à
celui qu'on aurait à enregistrer dans les charges. Ainsi, si l'eau-
de-vie portait 49 ou 19 degrés réels, on porterait, pour un
litre, 17 centimes $79|10,000^e$, et ensuite plus ou moins , sui-
vant l'importance des degrés.

Les liqueurs payent toujours 36 centimes $28|10,000^e$ par
litre.

Colonne n° 6 , la quantité vendue de chaque espèce de boisson et les décharges arrêtées ;

— 7 , les produits des ventes ; elle recevra aussi
en toutes lettres , s'ils sont le résultat de
ventes en gros , de mises en bouteilles , de
pertes en magasins , si le cas y échet.

— 8 , la date des paiements qui seront effectués dans
le courant du trimestre ;

— 9 , les numéros des quittances ;

— 10 , la date du numéro démarqué sur la même
ligne où il était pris en charge.

Nous allons parcourir rapidement le moyen à employer par le commençant, pour dresser d'abord son inventaire au portatif abrégé, établir son décompte à la fin du trimestre, et reprendre les charges pour le trimestre nouveau.

INVENTAIRE SUPPOSÉ.

Marchandises en cave.

N° 1, un fût contenant 250 litres de cidre,

mis en vente à 10 cent.

2	id.	250	de vin rouge,	30
3	id.	240	id.	40
4	id.	230	id.	50
5	id.	200	de vin blanc,	60
6	id.	300	d'eau-de-vie 49 ou 19 degrés réels.	

Ici je ne fixe point le prix de vente, non plus que celui des liqueurs qui ne se perçoivent point comme les liquides précédents ; je dois me reporter au tableau des comptes faits, indiquant les sommes dues à la régie, et j'y trouve pour un litre d'eau-de-vie, suivant le degré donné de 49 ou 19, 17 cent. 79/10,000, que je porte à la colonne 5e du portatif abrégé.

Liqueurs : 25 litres.

Je trouve sur le même tableau de comptes faits, en tête de la colonne qui reçoit 100 degrés centésimaux, ou alcool pur, pour droit de détail de un litre, 36 centimes 28/10,000, que je porte également dans la 5e colonne.

Je continue l'établissement de mon inventaire, en faisant observer que la bouteille de vin bouché équivaut au litre, pour l'acquit des droits.

A	100	bouteilles de vin rouge, mis en vente à		75 cent.
B	100	id.	de vin blanc,	id.	1 25
C	150	id.	id.	id.	60

Les numéros et lettres figurés ne sont là que pour l'exemple, puisque l'on ne peut les appliquer aux fûts et aux caves qu'alors qu'ils auront été marqués par les employés.

Mon point de départ ainsi déterminé, j'arrive à la fin du trimestre, peu soucieux de l'exercice qui s'est fait dans ma cave; mais au dernier recensement, je me rends compte de mes ventes et des droits qui en sont la conséquence, en opérant de la manière expliquée dans le chapitre qui traite du tableau métrologique et des moyens de s'en servir avec fruit, sans m'arrêter aux dixièmes dont se sert la régie. Au fur et à mesure de mon dépouillement, j'emplis la colonne n° 6 du portatif, suivant les manquants; je décharge la colonne n° 2, des fûts entièrement vides, en suivant le même mode pour les eaux-de-vie, liqueurs et vins en bouteilles, puis j'établis ainsi mes droits de consommation.

Je reprends les numéros de mon inventaire.

N° 1	25o litres.	Vente effectuée 1oo litres.
2	25o	25o
3	24o	4o
4	23o	plein
5	2oo	5o
6	3oo	4o
Liqueurs: 25		o4
A	1oo litres.	Vente effectuée intacte.
B	1oo	2o litres.
C	15o	15o

Cette opération faite, je prélève ainsi le droit que j'ai à payer pour mon trimestre en usant du tableau de comptes faits, comme il est dit.

Je trouve d'abord que 1oo litres de cidre, mis en vente à 1o cent., sont à porter dans la colonne n° 7, du portatif abrégé, 1 fr. o7 cent., ci 1   o7

A reporter.   1   o7

Report.   1   07

Que 100 litres de vin rouge, mis en vente à 30 cent., produiront 3 fr. 21 cent. et comme le fût n° 2 contenant 250 litres est épuisé, je prends une fois et demie ledit produit 3 fr. 21 c. et je porte le résultat dans la susdite colonne n° 7, ou . . .   8   03

Que 40 litres mis en vente à 40 cent. donnent un droit d'après le tableau de.   1   71

Que 50 litres, mis en vente à 60 cent., donnent.   3   21

Maintenant pour 40 litres d'eau-de-vie, de 49 ou 19 degrés réels, je change de tableau et prenant celui qui contient les comptes faits pour les divers degrés d'alcool, je descends en face du nombre 40 et je trouve 7 fr. 12 c. que je porte également dans la colonne n° 7.   7   12

Même opération pour 4 litres de liqueurs ou alcool pur, soit.   1   45

Pour les vins en bouteilles, je reviens au premier tableau, et attendu que j'ai vendu 20 bouteilles ou litres à 1 fr. 25 cent., je prends dans la colonne qui porte 1 fr. et je trouve que 20 bouteilles à ce prix doivent un droit de 2 fr. 14 c. . . .   2   14

Pour 25 centil., je prends comme pour 5 litres, et je trouve   54

Ensemble, que je porte colonne n° 7.   2   68   2   68

Pour 150 bouteilles mises en vente l'une à 60 c., je prends d'abord pour 100 litres ou. .   6   41

Ensuite pour 50 litres, je trouve. . .   3   21

                            9   62   9   62

Additionnant ces divers droits, je trouve un total général de   34   89

Cette somme est l'exacte vérité de ce que je dois à la régie pour mon trimestre, 3 pour cent déduits et décime compris ; il m'est donc facile de voir en prenant dans la colonne 8, les sommes que j'ai payées en compte, ce que je redois, et de vérifier si quelqu'erreur ne s'est pas glissée dans le décompte qui m'a été remis.

La reprise en charge pour le trimestre qui s'ouvre est une conséquence toute naturelle de cette première opération ; elle se fait au moyen d'une simple soustraction, et pour fixer précisément l'opinion du débitant, je joins ici le travail nouveau auquel il devra se livrer, et qui sera pour lui une règle invariable.

Je reprends les contenances de la colonne n° 2, moins les quantités sorties dans la colonne n° 6.

Fût n° 1. Pour 150 litres restants, ci. . . 150 litres.

    2. Vide, je tire une ligne sur le numéro aussitôt la démarque faite par les employés, et je le fais figurer dans la colonne n° 10.

    3. 200 litres restants, ci. 200

    4. 230 litres il est resté intact . . 230

    5. 150 litres restants. 150

    6. 260 litres d'eau-de-vie restants qui, avec les 40 litres sortis, donnent les 300 litres que contenait le tonneau plein. 260

Liqueurs : 21 litres.. 21

Ces deux espèces de boissons ne changent pas dans leurs droits relatifs ; le plus ou moins de degrés de l'eau-de-vie, sert à en baser la quotité.

Vins en bouteilles.

Case A 100 litres que je reprends en charge puisqu'elle n'a

subi aucune diminution. . . . . . 100 litres.

B 80 litres et 20 sortis. 80

C Epuisée, j'opère comme pour le numéro 2, en la faisant disparaître de la
colonne numéro 6, pour la reporter
dans celle numéro 10.

Voilà la marche à suivre pour tous les trimestres, et on voit,
au premier aperçu, avec quelle facilité j'arrive à un décompte
qui ne laisse dans l'esprit aucun doute, sous le rapport de sa
régularité. Il n'est besoin que d'une simple addition pour atteindre ce but, et il n'est aucun commerçant à qui cette opération soit étrangère, dût-il agir de mémoire.

Admettons maintenant que j'aie l'intention de mettre une
pièce de vin en bouteilles, je préviens préalablement les employés de la régie; après cette démarche, je transvase, ensuite
je suppose la pièce n° 4 qui est restée intacte à la clôture du
trimestre, et je rétablis avec le résultat de cette transvasion la
case C épuisée, après déclaration du prix de vente et la démarque du fût n° 4, que je ferai passer de la colonne n° 6,
dans la colonne n° 10, destinée à recevoir les boissons déchar-
gées, je prendrai de nouveau en charge la case C suivant la
quantité de bouteilles qu'aura produite le susdit fût n° 4.

Enfin si j'avais des boissons gâtées ou perdues ou encore
vendues en gros, je les reporterais semblablement de la colonne
6, à la colonne 10, après en avoir été déchargé par les employés de l'administration ; et si je recevais de nouvelles boissons dans le courant du trimestre, je porterais en charge dans
la colonne n° 4, le n° de l'expédition, la quantité, l'espèce de
boisson et le prix de vente dans les colonnes à ce destinées, en
me réservant de porter le n° du vaisseau après l'apposition de
la marque par les employés.

Après avoir pris connaissance de ce chapitre consacré à
éclairer les débitants sur la marche à suivre pour établir un

pórtatif appliqué à leurs commerces, il n'est aucun d'eux qui ne veuille suivre l'avis que nous lui réitérons de donner quelques moments de ses courts loisirs à cette matière si intéressante d'une bonne comptabilité : nous appuyons d'autant plus sur ce point qu'il doit ressortir pour lui cette satisfaction qu'on retire toujours d'une tenue exacte de ses écritures, et puis encore l'éloignement de tout doute que l'exercice laisse ordinairement après lui, dans l'esprit de ceux qui négligent de se rendre compte de leurs ventes et des droits qui en sont la conséquence.

PORTATIF ABRÉGÉ

DESTINÉ A RECEVOIR LES CHARGES, LES SORTIES
ET LE DÉCOMPTE SANS CALCUL, ET LA MANIÈRE
DE REPRENDRE LES RESTES EN CHARGE POUR LE
TRIMESTRE NOUVEAU.

6

Numéro des vaisseaux marqués. 1	Leur contenance en litres. 2	ESPÈCES de boissons. 3	Numéro des expéditions. 4	PRIX de vente déclaré par litre. 5			Quantité de litres vendus. 6	PRODUITS des ventes. 7		DATES des paiements en à-compte ou pour solde. 8	SOMMES payées.		NUMÉRO des quittances. 9	QUANTITÉ déchargée et numéro des vaisseaux. 10
	L.			F.	C.	M.	L.	F.	C.		F.	C.		L.
1	250	cidre.		10	»»		100	1	07					
2	250	vin rouge.		30	»»		250	8	03					
3	240	id.		40	»»		40	1	71					
4	230	id.		50	»»									
5	200	vin blanc.		60	»»		50	3	21					
6	300	eau-de-vie à 49°		17	79		40	7	12					
	25	liqueurs.		36	28		4	1	45					
A.	100	vin rouge.		75	»»									
B.	100	vin blanc.		1 25	»»		20	2	68					
C.	150	id.		60	»»		150	9	62					
charges	1,845						654	34	89					
sortie	654									comme ci-dessous.				
reste	1,191	L. à reprendre en charge pour le 2e trimestre												
1	150	cidre.		10	»»									
3	200	vin rouge.		40	»»									
4	230	id.		50	»»									
5	150	vin blanc.		60	»»									
6	260	eau-de-vie à 49		17	79									
	21	liqueurs.		36	28									
A.	100	vin rouge.		75	»»									
B.	80	vin blanc.		1 25	»»									
	1,191													

Numéro des VAISSEAUX marqués. 1	Leur contenance en LITRES. 2	ESPÈCES des BOISSONS. 3	Numéro des expéditions. 4	PRIX de vente DÉCLARÉ par litre. 5			Quantité de LITRES vendus 6	PRODUITS des VENTES. 7		DATES des paiements en à-compte ou POUR SOLDE. 8	SOMMES payées.		NUMÉRO des QUITTANCES. 9	QUANTITÉ déchargée AU numéro des vaisseaux. 10
	L.			F.	C.	M.		F.	C.		F.	C.		L.

Numéro des VAISSEAUX marqués.	Leur contenance en LITRES.	ESPÈCES des BOISSONS.	Numéro des expéditions.	PRIX de vente DÉCLARÉ par litre.			Quantité de litres vendus	PRODUIT des VENTES.		DATES des paiements en à-compte ou POUR SOLDE.	SOMMES payées.		NUMÉRO des QUITTANCES.	QUANTITÉ déchargée et numéro des vaisseaux.
1	2	3	4	5			6	7		8			9	10
	L.			F.	C.	M.		F.	C.		F.	C.		L.

Numéro des VAISSEAUX embarqués.	Leur contenance en LITRES.	ESPÈCES de BOISSONS.	Numéro des expéditions.	PRIX de vente déclaré par litre.	Quantité de LITRES vendus.	PRODUITS des VENTES.	DATES des paiements en à-compte ou POUR SOLDE.	SOMMES payées.	NUMÉRO des QUITTANCES.	QUANTITÉ débarquée et numéro des vaisseaux.
1	2	3	4	5	6	7	8		9	10
							F.	C.		L.

Numéro des VAISSEAUX marqués. 1	Leur contenance en LITRES. 2	ESPÈCES de BOISSONS. 3	Numéro des expéditions. 4	PRIX de vente déclaré par litre. 5	Quantité de LITRES vendus. 6	PRODUITS des VENTES. 7

DATES des paiements en à-compte ou POUR SOLDE. 8	SOMMES payées.		NUMÉRO des QUITTANCES. 9	QUANTITÉ déchargée ET, numéro des vaisseaux. 10
	F.	C.		L.

ALCOOMÈTRE CENTÉSIMAL.

Le système décimal, en embrassant dans sa vaste conception toute espèce de mesure, a dû s'appliquer également à l'alcool pur contenu dans les esprits et eaux-de-vie, qui n'existeraient réellement pas sans la présence de ce liquide, qui leur projette la force et la richesse ; aussi la science ayant pour interprète, un des citoyens les plus éclairés de notre époque, s'est-elle enrichie d'un instrument auquel son auteur, M. Gay-Lussac, membre de l'Académie des Sciences, a donné le nom de *Alcoomètre centésimal.*

Cet instrument se présente sous la forme d'un pèse-liqueur ordinaire, dont l'échelle a été divisée en 100 parties égales, dont chacune représente un degré ou centième d'alcool pur, à la température moyenne de 15 degrés centigrades ; car il est indispensable, pour bien apprécier le mérite réel des liquides spiritueux, de se rendre compte de la température qui les entoure et qui altère tout à la fois leur qualité apparente et leur volume. Nous avons joint ci-après une table dont le but est de faciliter les corrections.

Ce régulateur ayant donné le degré réel de la masse de liquide qui lui a été soumise, on obtient la quantité totale d'alcool contenue dans cette masse, en multipliant cette partie par le degré. Soit donc une quantité de 145 litres d'eau-de-vie à 45 degrés centésimaux, ou 18 degrés de Cartier.

6**

. J'opère ainsi:

Je multiplie   145 degrés réels.

Par   45

_____

725
480

_____

Produit   65,25

Dans ce produit, on néglige les deux derniers chiffres toutes les fois qu'ils ne sont point égaux à au moins 5o centilitres, et dans ce dernier cas, on donne à cette quantité la valeur d'un entier, ce qui aurait donné, si la fraction 25 eût été égale à 5o centilitres, 66 au lieu de 65 litres d'alcool pur, quantité sur laquelle on perçoit le droit général de consommation.

Les spiritueux qui sont classés dans la catégorie des liqueurs sont toujours considérés comme alcool pur, quelque soit d'ailleurs le degré qu'ils pourraient atteindre, soumis à l'alcoomètre, c'est-à-dire que la loi leur a imposé une valeur de cent degrés.

Les spiritueux qui échappent à cette dénomination de liqueur, ne jouissent du bénéfice qui leur a été accordé qu'autant qu'ils ne sont point renfermés dans des litres bouchés.

Observation.

L'aréomètre ou pèse-liqueur, de Cartier, dont en fait encore usage dans le commerce, ne présente point les mêmes garanties que l'instrument dont nous venons de parler ; il a été le prélude de l'alcoomètre et ne donne point, ces degrés étant inégaux, des rapports assurés et constants avec l'unité décimale de capacité.

EXEMPLE

Appliqué à l'usage de la Table de correction.

Un liquide spiritueux marque 80 degrés à l'alcoomètre, et 6 degrés au thermomètre centigrade (ce dernier instrument étant destiné à indiquer la température des liquides dans lequel on l'introduit, et gradué sur les mêmes bases décimales que l'alcoomètre.) On corrigera ce degré apparent au moyen de la table ci-dessus en y ajoutant 3 degrés qui figurent à l'intercession des deux colonnes qui se rattachent à l'exemple que nous donnons : on aura par suite de cette rectification, pour degré réel 83 ;

Un autre liquide marquant à l'alcoomètre, le même degré apparent 80, à une température de 27 degrés centigrades, sera ramené par le secours de la table au degré réel de 75.

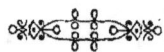

TABLE DES

A faire subir au degré apparent indiqué par liqueurs spiritueuses à la

Degrés centésimaux indiqués par l'Alcoomètre	DIFFÉRENCES EN MOINS A AJOUTER aux degrés indiqués par l'Alcoomètre, pour obtenir les degrés réels.															
31 à 34	7	6	6	5	5	4	4	3	3	3	2	2	1	1	1	0
35	6	6	6	5	5	4	4	3	3	3	2	2	1	1	0	0
36 à 39	6	6	6	5	5	4	4	3	3	3	2	2	1	1	0	0
40 à 44	6	6	5	5	5	4	4	3	3	3	2	2	1	1	0	0
45 à 46	6	6	5	5	5	4	4	3	3	3	2	2	1	1	0	0
47 à 53	6	6	5	5	4	4	4	3	3	3	2	2	1	1	0	0
54 à 56	6	6	5	5	4	4	3	3	3	2	2	1	1	0	0	0
57 à 59	6	5	5	5	4	4	3	3	3	2	2	1	1	0	0	0
70 à 71	6	5	5	4	4	4	3	3	3	2	2	1	1	0	0	0
72 à 78	6	5	5	4	4	4	3	3	3	2	1	1	1	0	0	0
79 à 83	5	5	5	4	4	4	3	3	3	2	1	1	1	0	0	0
84	5	5	5	4	4	4	3	3	3	2	1	1	1	0	0	0
85	5	5	5	4	4	3	3	3	2	2	1	1	0	0	0	0
86 à 90	5	5	4	4	4	3	3	3	2	2	1	1	0	0	0	0

0	1	2	3	4	5	6	7	8	9	10	11	12	13	14	15

Degrés du Thermomètre centigrade.

CORRECTIONS

l'Alcoomètre pour obtenir le degré réel des température de 15 degrés centigrades.

Degrés centésimaux indiqués par l'Alcoomètre.	DIFFÉRENCES EN PLUS A DÉDUIRE Des degrés indiqués par l'Alcoomètre, pour obtenir les degrés réels.														
31 à 34	0	1	1	2	3	3	4	4	5	5	6	6
35 à 34	1	1	2	2	3	3	4	4	5	5	6	6
35 à 36	1	1	1	2	3	3	4	4	5	5	6	6
37 à 40	1	1	2	2	3	3	4	4	5	5	6	6
41 à 43	0	1	1	2	3	3	4	4	5	5	6	6
44 à 46	0	1	1	2	3	3	4	4	5	5	6	6
47 à 59	0	1	1	2	3	3	4	4	5	5	6	6
60 à 70	0	1	1	2	2	3	3	4	4	5	6	6
71 à 72	0	1	1	2	2	3	3	4	4	5	5	6
73 à 82	0	1	1	2	2	3	3	4	4	5	5	6
83 à 85	0	1	1	2	2	3	3	4	4	5	5	6
86 à 87	0	1	1	2	2	3	3	4	4	5	5	6
88 à 89	0	1	1	2	2	3	3	4	4	5	5	6
90	0	1	1	1	2	2	3	3	4	4	5	5

16	17	18	19	20	21	22	23	24	25	26	27	28	29	30

Degrés du Thermomètre centigrade.

7

TABLE POUR LES MOUILLAGES

Dont le but est de faire connaître les quantités, d'esprit ou eau-de-vie et d'eau, à employer pour confectionner une eau-de-vie à un degré quelconque.

——

Veut-on savoir combien il doit entrer d'esprit à 80 degrés 5 centésimaux, ou 31 degrés de Cartier, ce qui équivaut au même, pour faire 300 litres d'eau-de-vie à 55 degrés 7 centésimaux, ou 21 de Cartier. Le point d'intersection sous 80 degrés 5, en face 55 degrés 7, présente 69 litres 1 décilitre d'esprit par hectolitre ; on multiplie cette quantité par 300 litres, d'eau-de-vie qu'on veut obtenir en les convertissant à 55 degrés 7

EXEMPLE :

Quantité à multiplier ; esprit . .	69. 1
Nombre de litres à convertir . .	300

207,300

On retranche 3 chiffres à cause des 2 fractions, qui se rattachent à 3 hectolitres ; celle qui se rattache à 69 litres devra être conservée comme devant produire des décilitres en dehors de la virgule démarcative ; par conséquent il faudra 207 litres 3 décilitres d'esprit à 80 degrés 5 centésimaux, pour faire par la conversion, 3 hectolitres d'eau-de-vie à 55 degrés 7.

Par contre-coup, si l'on veut connaître la quantité d'eau qui doit être admise dans cette mixtion, on soustraira de la quantité d'eau-de-vie, la quantité d'esprit, ou de 300 litres d'eau-de-vie, 207 litres 3 décilitres d'esprit ; la différence sera de 92 litres 7 décilitres d'eau ; il en est de même pour toutes les opérations que l'on aurait à faire.

TABLE POUR LES MOUILLAGES.

89 degrés 6 centésimaux ou 36. de Cartier.

Degré																				
88°-35	98.																			
86°-34	95.9	97.8																		
84°.3-33	93.6	95.6	97.6																	
82°.4-32	91.2	93.1	95.2	97.4																
80°.5-31	88.8	90.7	92.5	94.8	97.2															
78°.4-30	86.3	88.1	90.	92.2	94.5	97.2														
76°.3-29	83.8	85.4	87.4	89.4	91.7	94.3	97.													
74°-28	81.3	82.9	84.7	86.8	88.9	91.4	94.1	96.8												
71°.8-27	78.7	80.2	82.3	84.	86.2	88.6	91.	93.9	96.8											
69°.4-26	75.9	77.5	79.2	81.1	83.3	85.6	88.	90.7	93.4	96.5										
66°.9-25	73.2	74.7	76.3	78.2	80.2	82.3	84.7	87.2	90.	93.4	96.5									
64°.2-24	70.4	71.8	73.4	75.1	77.1	79.2	81.5	84.	86.6	89.4	92.5	96.1								
61°.5-23	67.5	68.9	70.4	72.1	73.9	75.9	78.2	80.5	83.	85.7	88.8	92.2	95.9							
58°.7-22	64.5	65.7	67.2	69.	71.	72.5	74.6	76.9	79.	81.9	84.5	88.	92.	95.4						
55°.7-21	61.3	62.5	63.9	65.5	67.2	69.1	71.	73.1	75.4	77.8	81.	83.8	87.1	91.	95.1					
52°.5-20	58.	59.3	60.6	62.	63.5	65.4	67.2	69.3	71.5	73.8	76.5	79.4	82.5	86.1	91.	94.7				
49°.2-19	54.3	55.4	56.6	58.	59.5	61.1	62.8	64.8	66.8	69.1	71.4	74.2	77.1	80.4	84.3	88.5	94.1			
45°.5-18	50.	51.	52.1	53.4	54.8	56.2	57.8	59.5	61.5	63.5	65.8	68.2	71.	74.	77.5	81.6	86.	92.1		
41°.5-17	45.4	46.3	47.3	48.5	50.	51.1	52.6	54.2	55.9	57.7	59.8	62.	64.5	67.3	70.	74.1	78.1	84.	91.	
37°-16	40.8	41.	42.5	43.5	44.6	45.9	47.2	48.6	50.2	51.8	53.3	55.7	57.9	60.4	63.3	66.5	70.2	72.3	81.	89.7
31°.7-15	35.9	36.6	38.	39.4	40.4	41.	42.8	44.2	45.7	47.3	49.1	51.1	53.2	55.7	58.6	61.8	66.	72.	79.1	

OBSERVATIONS GÉNÉRALES.

Nous avons dit plusieurs fois, dans le cours de cet ouvrage, que les dixièmes employés, par l'administration, pour constater, dans ses exercices, les ventes effectuées ne présentaient pas les garanties que le commerce pouvait justement exiger ; nous devons ici justifier notre présomption qui ne peut rien avoir d'offensant pour la régie, puisque le résultat ne peut jamais être contraire aux débitants ; seulement, nous ferons observer que les fractions étant négligées par cette manière d'opérer, il peut en résulter pour le commerce des inconvénients graves ; ainsi l'exercice se fait aujourd'hui dans une cave, sur un fût qui contient 200 litres, dont le 10e est 20 litres si l'on a vendu 17 litres, quel moyen les exerçants emploieront-ils pour préciser la quantité manquante, ils devront forcer la fraction ou la diminuer pour arriver ou descendre à un dixième, s'ils forcent mes sorties sont plus grandes, dans le cas contraire, je puis rester sous le coup d'un procès, puisque l'exercice se renouvellant sans qu'on ait vendu de nouveau, on trouverait dans le fût plus que le portatif n'aurait admis de décharge. Il y a plus : les débitants, et cela n'accuse pas leur intelligence, sont souvent fort embarrassés pour apprécier à leur juste valeur les dixièmes, d'après la marque qu'emploient les exerçants, marque à laquelle ils s'attachent peu à donner de l'uniformité ; ils travaillent pour eux, et les signes dont ils se servent leur offrent toujours une clarté suffisante ; mais ces mêmes signes n'ont pas un mérite égal pour les commerçants. Nous devons donc ici, dans la supposition que le système en vigueur prévaudra encore longtemps, malgré les vices que nous lui reprochons, expliquer comment on peut se rendre compte de l'action par dixième dans le contrôle d'un fût.

Chacun sait qu'un entier est composé de 10 10es ; ainsi un vaisseau de 180 litres donnera dix parties de 18 litres. Pour savoir ce que valent les 2, 3, 4, 5 et 6 dixièmes de ce vaisseau, une simple multiplication suffira, et 6 10es multipliés par la valeur de l'un d'eux, ou 18 litres produiront .   108
Comme 4 dixièmes multipliés également par 18 donneront   72
$$\overline{}$$
                                                        180

litres, contenance totale du fût.

Rapport du litre à la bouteille.

Beaucoup de débitants, en dehors de leur commerce de détail, livrent à la vente des liquides à la bouteille. Ces boissons se tirent à la pièce ou se vendent en vaisseaux bouchés ; les décomptes des droits doivent se calculer sur l'importance qu'aurait atteinte la quantité de litres vendus ; il est donc nécessaire, pour bien se pénétrer des sommes que l'on devra payer, de chercher la distance qui sépare la bouteille du litre, pour saisir équitablement le véritable chiffre qui lui est imposé à titre de droit ; il faut donc pour cela convertir les bouteilles en litres ou les litres en bouteilles, suivant la circonstance, et trouver pour le litre, le prix de vente proportionnel à celui déclaré par bouteille. Je transmets ici, comme le rapport le plus vrai, consultant et mon expérience et celle de personnes aptes à résoudre la question, l'opposition de trois bouteilles comme le plus constant équivalent de deux litres. Ce rapport assurément peut varier, puisque les bouteilles et

7*

les litres ne sont pas toujours de même contenance, mais ils se rapprochent presque toujours de la moyenne, partant de la vérité autant qu'il est permis d'y parvenir. Il suit donc de là que du vin déclaré à 30 cent. la bouteille, est vendu sur le pied de 45 cent. le litre, comme 150 bouteilles à 30 cent. produiraient 45, de même que 100 litres offriraient à 45 le même résultat.

LIVRET PORTATIF

A l'instar de celui dont fait usage l'Administration.

Ainsi que nous l'avons promis en offrant notre livret abré‑
gé, nous reproduisons ici le Portatif absolument conforme de
la régie, avec ses colonnes et l'explication de leur emploi.

Ce portatif comporte 24 colonnes divisées, comme nous al‑
lons le dire :

Les colonnes n° 1 jusqu'au n° 13 , inclusivement, sont des‑
tinées à faire figurer les entrées ou les charges, et chacune
d'elles à recevoir les désignations afférentes à leur titre, c'est‑
à-dire le nombre et le numéro des pièces en charge, leur
contenance, l'espèce de boissons ou le degré d'eau-de-vie,
les quantités, le genre de l'expédition qui justifie les entrées,
son numéro, le bureau de sa délivrance, sa date, le numéro
de décharge que doivent en délivrer les employés, si cette ex‑
pédition est un acquit à caution.

Les colonnes de 14 à 17 compris, recevront les décharges
qui seront accordées pour les boissons perdues, pour les ventes
en gros, le cas survenant;

Les colonnes de 18 à 24 présenteront les ventes effectuées
au fur et à mesure des manquants, constatés dans les cases de
bouteilles et dans les pièces vides, la date de la démarque des
vaisseaux vendus, leurs numéros, leurs contenances, le prix
du litre;

Enfin les deux tableaux qui terminent le cadre du livret,
sont appelés à renfermer, le premier, le décompté des droits à

10 p. o/o sur la valeur des ventes faites de vins, cidres, poirés et hydromels, et de consommation sur l'alcool, par trimestre ; le second l'inscription des paiements effectués dans le courant du même trimestre, soit en à-compte, soit pour solde.

Toutes celles de ces colonnes qui expriment des quantités se résument par l'addition.

A la fin des trimestres, les totaux des ventes et des décharges réunis, sont comparés au produit des entrées, et la différence qui ressort de la soustraction, devient la reprise en charge ou les restants en cave, pour le trimestre nouveau, reprise qui s'établit par fûts ou cases de bouteilles.

La valeur exacte des quantités figurant aux colonnes 20 et 21, s'obtient par la multiplication desdites quantités par le prix du litre, en ayant soin de séparer au produit, un nombre de décimales égales à celles réunies du multiplicande et du multiplicateur.

C'est sur la colonne 24 que l'on calcule le droit de consommation, ainsi qu'on va le voir.

Décompte du droit de détail.

La loi s'exprime ainsi : « il sera perçu à la vente, en détail, des vins, cidres, poirés, hydromels, un droit de 10 pour o/o du prix de ladite vente ; il est accordé une remise de 3 pour o/o du montant de ce droit pour tout déchet et consommation de famille, puis il est perçu, en sus, un décime par franc. »

Le décompte définitif exige trois opérations que nous allons exécuter dans l'exemple ci-après :

Soit la somme de 2,936 fr. 87 cent., comme total du prix de ventes faites en boissons dans un trimestre ; il s'agit donc de trouver le 10ᵉ pour o/o qu'exige la loi ; pour parvenir à ce résultat, il faut multiplier les 2,936 f. 87 c. ci-dessus, par 10, pour obtenir 29,368 f. 70 c. de laquelle somme il faut prendre le centième en divisant le produit de la multiplication par 100, ce qui donne, pour 10 pour o/o, 293 f. 69 c., en forçant le chiffre des centimes et annulant la fraction 70 millièmes.

De ces 293 f. 69 c., nous avons à déduire 3 pour o/o, je multiplie par 3.

Soit 8 f. 81 c. 07, à déduire de 293 f. 69 c.; en négligeant, ainsi que cela se pratique, la fraction 07, restera net la somme de. 284 88
qu'il faut augmenter du décime ou. . . . 28 49

> Total du droit de détail. . . 313 f. 37 c. que vous aurez à payer sur une vente de 2,936 f. 87 c.

Décompte général du droit de consommation

Sur les eaux-de-vie, esprits et liqueurs convertis en alcool pur.

Le droit général de consommation est applicable aux consommateurs de toutes les classes ; il est de 34 f. par hectolitre ou 100 litres d'alcool pur, contenu dans les eaux-de-vie, esprits et liqueurs. Ce droit, quand il est constaté par exercice, profite de la remise de 3 pour o/o comme pour les boissons détaillées, mais il est en tout cas assujetti au décime à franc. Il se calcule, ainsi que nous l'avons dit, sur le total de la colonne 21 du portatif. Prenons par exemple une quantité de 4 hectolitres 40 décilitres ou 440 litres d'alcool, qu'il faudra multiplier par 34 fr. ce qui nous donnera un produit de   149 60
dont le 3 pour cent est de   2 48

Reste   147 12
Ajoutons le décime   14 71

Pour total du droit à acquitter   161 83

Dans les décomptes établis par les employés de la régie, pour les débitants qui ne sont point affranchis de l'exercice sur les spiritueux, c'est-à-dire qui n'ont point acquitté le droit général de consommation à l'arrivée, le droit se tire toujours par les mêmes opérations que celles relatives au droit de détail.

DÉPARTEMENT

d

————

Arrondissement

d

LIVRET PORTATIF

A L'INSTAR DE CELUI DONT FAIT USAGE L'ADMINISTRATION,

POUR LES

DÉBITANTS DE BOISSONS.

COMMUNE

d

————

Année

Le présent livret contenant   feuillets, celui-ci compris, a été coté et paraphé à chacun desdits feuillets, par nous, juge de paix du canton d   , soussigné, pour servir à l'inspection, par les employés de l'administration des contributions indirectes, des résultats de leurs exercices chez le sieur   débitant à rue   n°

A   le   mil huit cent quarante-

N. B. Voir, pour l'usage de ce livret, l'explication donnée, page 77.

Les débitants pourront avoir un registre sur papier libre, côté et paraphé par un juge de paix, et les commis seront tenus d'y consigner le *résultat* de leurs exercices et les paiements qui auront été faits (*art. 55 de la loi du 28 avril 1816*).

	NUMÉRO d'ordre des bâtiments jaugés.	Leur CONTENANCE	ESPÈCES de liquors (liquides) et objets des marchandises	QUANTITÉS				EXPÉDITIONS DÉLIVRÉES PAR L'ASSUJETTI				NUMÉRO d'inscription de la charge	NUMÉRO et noms des déclarants	QUANTITÉS			DATE de la décharge des expéditions vendues	NUMÉRO et noms des déclarants	QUANTITÉS			VALEUR	
				Vin.	Cidre, poiré et hydromel.	Alcool.	Total par espèce.	Genre d'expédition.	Numéro.	Noms.	Date.			Vin.	Cidre, poiré et hydromel.	Alcool.			Vin.	Cidre, poiré et hydromel.	Alcool.	du litre.	Total.
										Report.												Report.	
										À reporter.									À reporter.				

INSTRUCTIONS.

—

Décompte du droit d'entrée. — Ce droit se perçoit sur les vins, cidres, poirés, hydromels, eaux-de-vie, esprits et liqueurs, au profit du trésor, à l'entrée des villes de quatre mille âmes et au-dessus. Le taux n'en est pas fixe, il varie avec le chiffre de la population. La loi n'accorde aucune remise aux débitants sur ce droit, qui, comme les deux précédents, est frappé du décime.

Décompte du droit d'octroi. — Le droit d'octroi, en général, est un revenu communal. Il se perçoit sur les boissons, dans le rayon des communes dont les conseils municipaux ont jugé à propos de voter cet impôt, sur des taxes qui varient au gré des administrations locales, et qui ne devraient, *que par une exception bien rare*, jamais excéder celles des droits d'entrée. Les débitants ne jouissent d'aucune remise sur ce droit, qui du reste ne s'augmente pas du décime. Il s'agit donc, pour en obtenir le décompte d'une simple multiplication.

Droit de circulation. — Les débitants de boissons sont exempts du droit de circulation pour les formalités de *l'acquit-à-caution*, ou du *passavant*, dont le coût est de 25 centimes, compris le timbre. Toutes quittances de droit doivent être délivrées sur papier détaché d'une souche, et timbrées du timbre particulier de la régie des contributions indirectes, dont le coût est de 10 centimes, et à la charge du contribuable. Elles doivent être numérotées et signées, la somme et la date exprimées en toutes lettres.

Le coût du certificat de décharge des acquits-à-caution est

également de 10 centimes et à la charge du destinataire ; mais
ce certificat peut être refusé par lui et la décharge des acquits-
à-caution n'en a pas moins lieu ; seulement, en cas de récla-
mation postérieure de la part du destinataire ou de l'expédi-
teur, la décharge ne peut plus être justifiée que par la production d'un certificat sur papier au timbre de l'enregistre-
ment.

Droits et obligations des débitants de boissons.

Les personnes qui veulent vendre en détail des vins,
cidres, poirés, hydromels, eaux-de-vie, esprits et liqueurs,
sont tenues de faire leur déclaration au bureau de la régie des
contributions indirectes, avant d'ouvrir leur débit. — De
désigner les espèces et quantités de boissons (1) qu'elles ont
en leur possession. — Le lieu de la vente. — De se munir
d'une licence, dont le prix varie suivant la population des
communes et qui se renouvelle, par les soins des employés, au
commencement de chaque trimestre, c'est-à-dire les premiers
jours des mois de janvier, avril, juillet et octobre. — D'indiquer par une enseigne ou par un bouchon leur qualité de débitant. — De déclarer avec exactitude et à chaque réquisition
des employés de la régie, les prix de vente des vins, cidres,
poirés et hydromels, à la bouteille et au litre, et de souffrir
que ces prix soient inscrits sur une affiche qu'ils apposeront
sur le lieu le plus apparent de leur domicile, et dont ils paye-
ront le timbre.

(1) La bière étant frappée au moment de la fabrication, d'un droit
unique, dont le brasseur seul est responsable, cette boisson n'est pas
prise en charge au compte des débitants ; elle circule sans expédition.
Elle peut, cependant, être imposée dans des tarifs d'octrois municipaux.

Les débitants, non abonnés, sont seuls sujets aux exercices et aux visites des employés, dans leurs caves, celliers, magasins, ou autres parties de leurs maisons, pendant tout le temps que les lieux de débit sont ouverts au public.

Les débitants, soit abonnés, soit exercés, ne peuvent introduire de boissons dans leur domicile qu'en vertu de *congés*, *acquits-à-caution* ou *passavants*, qu'ils sont tenus de présenter aux commis, lesquels doivent aussi exiger la production des quittances d'entrée, d'octroi et de banlieue, dans les lieux sujets à ces différents droits. Les débitants, assujettis aux exercices, peuvent avoir un registre sur papier libre, coté et paraphé par le juge de paix du canton, et les commis sont tenus d'y consigner le résultat de leurs exercices journaliers, et les paiements effectués en à-compte ou pour solde (1).

Les débitants ne peuvent faire de ventes en gros, qu'en futailles contenant au moins un hectolitre, et qu'autant que ces vaisseaux ont été préalablement démarqués par les commis. — Ils peuvent obtenir la décharge des quantités de boissons gâtées ou perdues, lorsque la perte est dûment justifiée, et qu'elle est reconnue par un employé du grade de contrôleur au moins.

Quand, à l'arrivée des boissons, les destinataires reconnaissent dans les quantités un déchet produit dans le transport, ils peuvent réclamer des déductions pour coulage de route, et ces déductions doivent être réglées d'après la distance parcourue, l'espèce de boissons, les moyens employés pour le transport, sa durée, la saison dans laquelle il aura été effectué, et les accidents légalement constatés, en se conformant aux usages adoptés généralement par le commerce.

---

(1) L'article 55 de la loi du 28 avril 1816, qui consacre ce droit, donne aux débitants un grand motif de sécurité; et s'il était généralement adopté, il deviendrait pour l'administration une cause puissante de consolidation.

Ils ne peuvent avoir chez eux, ni recevoir de vaisseaux d'une contenance inférieure à l'hectolitre, à moins d'une autorisation spéciale. Ils ne peuvent également mettre en perce à la fois plus de trois pièces de chaque espèce de boissons. Ils ne peuvent faire aucun remplissage ni aucune transvasion, si ce n'est en présence des commis ; néanmoins ils sont autorisés à mettre en bouteilles, après déclaration au bureau de la régie, à la condition de les faire cacheter du cachet de l'Administration, de fournir la cire et le feu, et de les ranger par cases et par prix (1).

Ni substituer de l'eau, ou tout autre liquide, aux boissons qui sont prises en charge, ni enlever de leurs caves les pièces vides, sans qu'elles aient été préalablement démarquées.

Ils ne peuvent avoir qu'un seul râpé (2) de raisin de trois hectolitres au plus, et pourvu qu'ils aient en cave au moins trente hectolitres de vins ; ils ne peuvent verser de vin sur ce râpé hors la présence des commis.

Il est défendu aux débitants de recéler des boissons dans leurs maisons ou ailleurs, et à tous propriétaires ou principaux locataires, de laisser entrer chez eux des boissons appartenantes aux débitants, sans qu'il y ait bail, par acte authentique, pour la location des caves, celliers etc., où seraient placées ces boissons.

Toute communication intérieure entre la maison d'un débitant et les maisons voisines est interdite ; et les commis sont

---

(1) Il résulte de ces diverses interdictions, que les débitants n'ont pas le droit de faire usage de brocs pour transporter les boissons de leurs caves aux salles de leurs cabarets.

(2) C'est une cuve à demi-remplie de raisin en grains et de bon choix, sur lequel on passe les vins faibles ou usés, pour leur donner de la force et de la qualité.

autorisés à exiger qu'elle soit scellée. S'il était impossible que les communications dont il s'agit fussent scellées, les voisins du débitant pourraient être soumis aux exercices, et si les résultats de ces exercices faisaient reconnaître des manquants évidemment supérieurs à la consommation réelle et personnelle d'eux et de leurs familles, ils pourraient être astreints au droit de détail. Ces sortes d'exercices ne peuvent avoir lieu que sur l'autorisation spéciale du préfet.

Le paiement des droits constatés par exercice chez les débitants est exigible à la fin de chaque trimestre, ou à la cessation de leur commerce; il peut même être exigé au fur et à mesure de la vente, par pièces vides ou lorsque les boissons ont été mises en ventes dans les foires, étapes, marchés ou assemblées. Le recouvrement de ces droits se poursuit par voie de contrainte après avertissement. Ces contraintes sont exécutoires, nonobstant opposition et sans préjudice. Il est accordé aux débitants, pour tout déchet et consommation de famille, une remise de trois pour cent sur les montants des droits de détail. Les débitants qui cessent leur commerce sont tenus de retirer leur enseigne ou bouchon, et restent soumis, pendant les trois mois suivants, aux visites et exercices des employés.

Les débitants sont autorisés à s'affranchir des exercices au moyen d'abonnements individuels ou collectifs. L'abonnement est débattu de gré à gré avec la régie, et doit être l'équivalent du droit de détail, calculé sur la moyenne qui résulte des comparaisons des 3 années précédentes en vins, cidres, poirés et hydromels. En cas de contestation, le préfet est appelé à prononcer, en conseil de préfecture, en prenant en considération les circonstances particulières qui peuvent influer sur le débit de l'année pour laquelle l'abonnement est requis. Les abonnements sont faits par écrit et ne sont définitifs qu'après l'approbation de la régie ; leur durée ne peut excéder un an. Le montant des abonnements est recouvrable par douzième et d'avance.

L'abonnement à l'hectolitre, qui peut encore être consenti par la régie, mais qui ne peut avoir que six mois de durée, n'affranchit pas des exercices ; c'est seulement la stipulation d'un prix de vente commun à toutes les boissons de même espèce , qui sont prises en charge chez le débitant.

Ces deux sortes d'abonnements sont révoquées, de plein droit, en cas de fraude ou de contravention dûment constatées.

Sur la demande des deux tiers, au moins, des débitants d'une commune, approuvée en conseil municipal, il peut encore être consenti par la régie, pour une année, sauf renouvellement, un autre genre d'abonnement, dont le but est de remplacer la perception du droit de détail par une répartition proportionnelle de l'équivalent de ce droit, sur la totalité des redevables qui, dans ce cas, sont affranchis des exercices, mais solidaires les uns pour les autres, solidarité qui a pour effet, d'interdire à tout autre débitant de s'établir dans la commune, s'il ne remplace un de ceux compris dans la répartition.

Les conseils municipaux des villes de quatre mille âmes et au-dessus, auxquels la loi veut qu'on adjoigne un nombre d'assujettis intéressés, égal à la moitié du nombre de leurs membres, peuvent encore affranchir des exercices les débitants domiciliés dans ces villes, et remplacer la perception du droit de détail, de circulation et d'entrée, en votant une taxe unique à l'entrée, ou tout autre mode de recouvrement. Le droit général de consommation qui remplace le droit de détail snr les eaux-de-vie, esprits et liqueurs, étant fixe et applicable à toute espèce de consommateurs, il ne peut jamais être compris dans les abonnements consentis avec la régie, et les

débitants abonnés doivent l'acquitter à l'arrivée de ces boissons, s'ils veulent que l'affranchissement des exercices soit
complet. Les débitants exercés peuvent aussi acquitter à l'arrivée le droit de consommation sur les eaux-de-vie, esprits et
liqueurs, pour débarasser les arrêtés de trimestre de la com-
plication de ce droit ; mais ils perdent, en agissant ainsi, le bénéfice de la remise de trois pour cent, qui n'est acquise que
sur le droit constaté par exercice.

Les propriétaires qui vendent en détail, les boissons de leur
crû, sont soumis aux mêmes obligations que les débitants ordi-
naires, si ce n'est que l'intérieur de leur domicile n'est point
assujetti aux visites des commis, pourvu que le local du débit en
soit séparé. Ils s'engagent à vendre par eux-mêmes, ou par
des domestiques, à leurs gages, dans des maisons à eux appar-
tenant, ou qu'ils auraient louées par bail authentique ; à ne
fournir aux buveurs que des bancs, des verres et des tables ; à
ne pas donner à manger ; et de plus, à ne jamais vendre d'autres boissons que celles provenant de leur propre récolte ; à
ces conditions, ils jouissent d'une remise de 25 pour cent sur
les droits de détail.

Les eaux-de-vie qui seraient versées sur les vins (chez les
débitants exercés), doivent être affranchies du droit de consommation, pourvu que la quantité employée, n'excède pas un
vingtième de celle soumise à cette opération, qui ne peut se
faire qu'en présence des commis.

Les boissons trouvées en la possession des personnes ven-
dant en détail, sans déclaration, ainsi que celles à l'égard des-
quelles des contraventions sont constatées (chez les débitants),
sont saisissables. Les personnes convaincues de faire le commerce des boissons en détail, sans déclaration préalable, ou
après déclaration de cesser, sont punissables d'une amende de
300 à 1000 fr., et de la confiscation des boissons saisies, qui,
néanmoins, peuvent être rachetées, moyennant le paiement

d'une somme de 1000 fr., en sus de l'amende prononcée par le tribunal. Les autres contraventions aux obligations qui viennent d'être succinctement rappelées ci-dessus, sont punies, en outre, de la confiscation des objets saisis, d'une amende de 50 fr. à 300 fr., pour la première fois, et qui ne peut être que de 500 fr., en cas de récidive.

Tout individu qui tient établissement où le public est admis, s'il permet que l'on se serve chez lui de cartes prohibées, qu'elles aient été fournies par lui, ou apportées par les joueurs, est passible de la confiscation des objets de fraude et d'une amende de 1000 fr. à 3000 fr., et d'un mois d'emprisonnement. En cas de récidive, l'amende est toujours de 3000 fr.

Ceux qui, sans autorisation, vendent du tabac à leur domicile, ou ceux qui en colportent, qu'ils soient ou non surpris à le vendre, peuvent être arrêtés et constitués prisonniers, et condamnés à une amende de 300 fr. à 1000 fr., indépendamment de la confiscation des tabacs saisis, de celle des ustensiles servant à la vente, et, en cas de colportage, de celle des moyens de transport. Si le prévenu offre bonne caution, de se présenter en justice et d'acquitter l'amende encourue, ou s'il consigne le montant du maximum de ladite amende, il doit être mis en liberté, s'il n'existe aucune autre charge contre lui ; et dans le cas où il n'offrirait aucune de ces garanties, il doit être détenu jusqu'à ce qu'il ait acquitté le montant des condamnations prononcées contre lui : cependant, le temps de la détention ne peut excéder six mois, sauf le cas de récidive où le terme pourra être d'un an.

En général, les contrevenants, aux lois sur les contributions indirectes, sont admis à passer des transactions avec les directeurs de cette administration, et à se faire représenter, auprès d'eux, par une caution ou portant fort.

Les rébellions ou voies de fait contre les employés de la régie, sont poursuivies devant les tribunaux, qui ordonnent

l'application des peines prononcées par le code pénal, indépendamment des amendes et confiscations qui pourraient être
encourues par les contrevenants. Si les rébellions ou voies de
fait étaient commises par un débitant de boissons, le tribunal
ordonnerait, en outre, la clôture du débit pendant un délai de
trois mois au moins, et de six mois au plus.

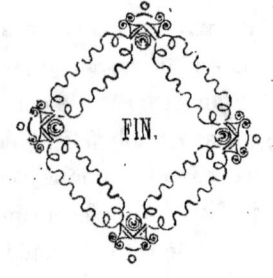

FIN.

TABLE DES MATIÈRES.

—

FIN DE LA TABLE.

SOISSONS. — IMPRIMERIE DE EM. FOSSÉ DARCOSSE,
IMPRIMEUR-LIBRAIRE, RUE DES RATS, 10.

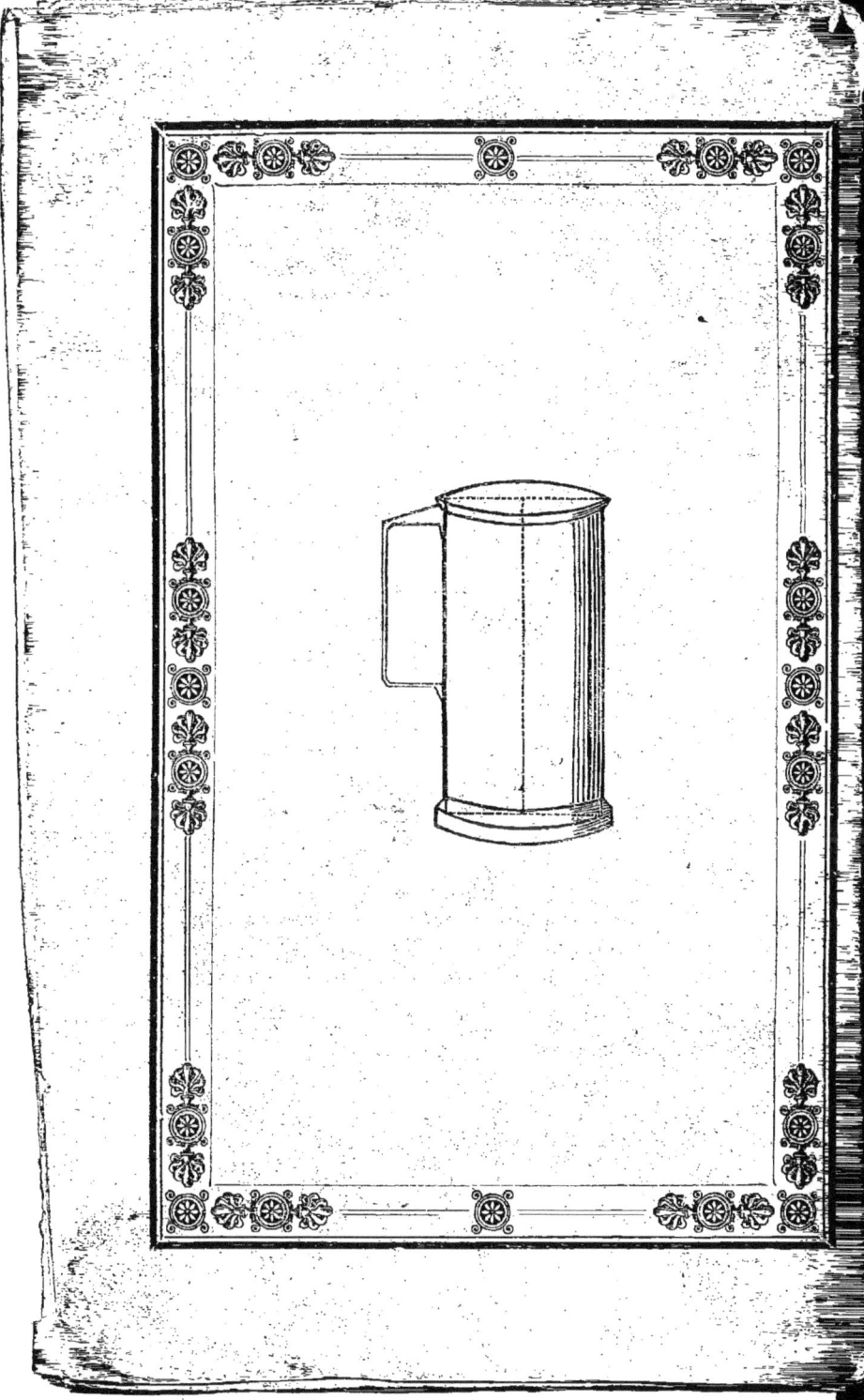

www.ingramcontent.com/pod-product-compliance
Lightning Source LLC
Chambersburg PA
CBHW060438260626
47161CB00005B/1973